SUPERHÉROES

SUPERHÉROES

SUPERMETOMENTODO

COPÉRNICA

La cocinera-científica de los superhéroes, que controla la base secreta.

Metomentodo Quesoso es el superhéroe conocido como Supermetomentodo. ¡Es el jefe de los Superhéroes!

YO-YO

Joven y dinámica, puede hacerse inmensa o minúscula.

LADY BLUE

Heroína misteriosa, llega siempre cuando los superhéroes están en dificultades.

MAGNUM

Su supervoz destruye a todas las ratas de cloaca.

BANDA DE LOS FÉTIDOS

BLACKY BON BON

MÁKULA BON BON

Jefe de la Banda de los Fétidos. Es un déspota cruel y lleno de fobias.

Es la mujer del Jefe. Es la que manda en la familia.

KATERINO

FIEL BON BON

Es el contacto del Jefe con los roedores de Muskrat City.

Joven hija del Jefe, obtiene venenos peligrosísimos de plantas e insectos.

Los tres guardaespaldas del Jefe son grandes y corpulentos, pero sin cerebro.

UNO DOS TRES

Textos de Geronimo Stilton
Idea original de Elisabetta Dami
Diseño original del mundo de los superhéroes de Flavio Ferron y Giuseppe Facciotto
Ilustraciones de Giuseppe Facciotto (dibujo) y Daniele Verzini (coloración)
Cubierta de Giuseppe Facciotto y Daniele Verzini
Diseño gráfico de Michela Battaglin

Título original: *L'assalto dei grillitalpa*
© de la traducción: Manuel Manzano, 2011

Destino Infantil & Juvenil
infoinfantilyjuvenil@planeta.es
www.planetadelibrosinfantilyjuvenil.com
Editado por Editorial Planeta S. A.

© 2009 - Edizioni Piemme S.p.A., Via Tiziano 32 – 20145 Milán – Italia
www.geronimostilton.com
© 2010 de la edición en lengua española: Editorial Planeta, S. A.
Avda. Diagonal, 662-664, 08034 Barcelona
Derechos internacionales © Atlantyca SpA, via Leopardi 8, 20123 Milán, Italia
foreignrights@atlantyca.it
www.atlantyca.com

Primera edición: febrero de 2011
ISBN: 978-84-08-09952-9
Fotocomposición: Víctor Igual, S. L.
Depósito legal: B. 1.189-2011
Impresión y encuadernación: Egedsa

Impreso en España - Printed in Spain

El papel utilizado para la impresión de este libro es cien por cien libre de cloro y está calificado como **papel ecológico**.

Geronimo Stilton

EL ASALTO
DE LOS GRILLOTOPOS

É sta es una historia que empezó hace muchos años, cuando Metomentodo Quesoso era estudiante en la Universidad de Ratonia...

Era una bonita mañana de primavera, la Facultad de Ciencias Ratonescas estaba repleta y las clases estaban, como siempre, muy concurridas. Allí se habían formado los mejores científicos de la Isla de los Ratones, como atestiguan los bustos de **mármol** repartidos por las aulas y los pasillos.

Pero, ese día, la sala del anfiteatro donde se impartían las lecciones de Arqueología no estaba tan repleta: ¡los pupitres frente a la cátedra estaban **SEMIVACÍOS**! Algunos jóvenes roedores, apoyados o incluso tumbados sobre el pupitre, tomaban apuntes de mala gana. **Otros hojeaban aburridos los libros de texto y otros hasta bostezaban ruidosamente, bastante desinteresados de la lección en curso.**

Sin embargo, al profesor Héctor O'Cephalus, docente de Arqueología Antrorratológica, no parecía que le importara (¡más bien parecía acostumbrado!) y proseguía vanidoso con su **exposición**.

Algunas viejas diapositivas aparecían y desaparecían en la pantalla y él las comentaba con aire **POMPOSO** y altisonante.

En ese momento, la puerta del aula se abrió, y apareció el morro tembloroso del bedel.

—Disculpe, profesor: el rector ha preguntado por usted...

—¿Y el rector no tiene nada mejor que hacer —se irritó el profesor Héctor O'Cephalus— que INTERRUMPIRME mientras doy mis clases? ¡Qué bajo ha caído esta universidad!

—El rector dice que es una CUESTIÓN de la máxima... —insistió el bedel, demasiado acostumbrado a las numerosas quejas del docente.

SI ES ASÍ, NO LO HARÉ ESPERAR... ¡YA VOY!

—exclamó suspirando con énfasis.

Y, sin dignarse siquiera MIRAR a los estudiantes adormecidos, abandonó el aula fastidiado.

El profesor O'Cephalus **IRRUMPió** enfadadísimo en el despacho del rector.

—¿Me ha mandado llamar? —preguntó con insolencia.

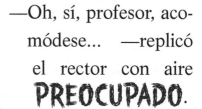

—Oh, sí, profesor, acomódese... —replicó el rector con aire **PREOCUPADO**.

—Prefiero seguir de pie, gracias. Es la quinta vez que me convoca este mes. ¿Tiene nuevas quejas sobre mi manera de dar las clases?

—Siempre es la misma historia, profesor O'Cephalus... —se le encaró el rector.

—O sea, que, una vez más, la universidad osa poner en duda todas mis afirmaciones y mis **DO-CU-MEN-TA-DÍ-SI-MAS** investigaciones.

Al oír eso, el rector pareció perder los estribos.

—¿Documentadísimas? ¡Profesor! ¡Sus supuestas *teorías* sólo están llenas de humo!

¿LLENAS DE HUMO?

¿Cómo se atreve? ¿Acaso no fui yo quien descubrió que los antiguos egipcios practicaban *sofisticadas* formas de cirugía y que fabricaban miembros artificiales?

—Pero ¡profesor, se trataba de un hueso de

13

goma, enterrado por un perro a los pies de la Gran Pirámide!

—¿Y qué me dice —insistió O'Cephalus— de los valiosos restos que hallé en el Yucarratán?

—¿Se refiere a los CUENCOS de cristal? Pero ¡si llevaban la inscripción «Made in China»!

—¡Bueno, es la prueba de que los antiguos yucarratanos mau tenían relaciones comerciales con el Extremo ORIENTE!

El rector sacudió la cabeza, desconsolado.

—Profesor, la Universidad de Ratonia basa sus investigaciones en criterios científicos. Y la ciencia exige que cada descubrimiento sea rigurosamente verificado antes de ser anunciado. *¡Y cuando las pruebas y las verificaciones desmienten nuestras teorías, debemos admitir el error!*

—Pero ¡es que ninguno de ustedes entiende nada! —lo interrumpió O'Cephalus bruscamente—. ¡Y yo ya no sé qué hago en la cátedra de su preciosa universidad! Así que ya puede usted darle mi puesto a cualquier colega RETRÓGRADO y desinformado: ¡yo me voy, y para siempre!

Y al decir eso, O'Cephalus salió del despacho y recorrió a grandes pasos el pasillo que conducía a la **SALIDA**. No sin antes haber gritado su última amenaza:

—¡Sólo sois un puñado de envidiosos, sordos y ciegos ante mi genio ilimitado! **Pero ¡esto no acaba aquí**, oiréis hablar de mí, os lo aseguro, ya veréis!

—¡**S**al de ahí, primito! —exclama Yo-Yo.

¡BADABANNNG!

Una enorme garra mecánica se abate contra el suelo, y no aplasta por un PELO a Supermetomentodo, que da un salto en el último instante y se pone a salvo.

La garra se levanta, bamboleándose en el aire de un modo amenazador. ¡Es la garra de un robot gigante!

Ya han pasado muchos años desde las clases del profesor O'Cephalus y Metomentodo se ha convertido en un famoso superhéroe: es Supermetomentodo, el **SUPERHÉROE** más famoso de Muskrat City.

En este momento está combatiendo contra un gigantesco robot llamado RoboRRat, que destruye todo lo que encuentra a su paso. Con un pie mecánico se abate contra un autobús, aplastándolo como una lata.

—¡POR SUERTE ESTABA VACÍO! ----→

—exclama Magnum, dirigiéndose a su prima enmascarada.

—La policía ha hecho desalojar el barrio entero —le informa Supermetomentodo evitando al robot, que intenta pisotearlo.

—¡Sí, pero si no lo detenemos hará pedazos la ciudad entera! —le responde Yo-Yo casi sin **ALIENTO**.

Mientras, el robot sigue avanzando a lo largo de la avenida Fieldmouse.

CLANG! ¡CLANG! ¡CLANG! ¡CLANG! ¡CLANG! ¡CLANG!

—¡Para esa piel de metal somos poco más que mosquitos! —observa Magnum.

Supermetomentodo le lanza una patada al robot, que está **DESTROZANDO** una tienda, después hace una pirueta en el aire y aterriza junto a sus dos primos.

—¡Os veo flojuchos, primitos! ¡Ánimo! **¡NADA ES IMPOSIBLE PARA LOS SUPERHÉROES!** —grita enardecido—. Unamos las fuerzas y...

Entonces, el robot arranca un árbol de la acera y se lo lanza a Magnum.

Como un rayo, Supermetomentodo se transforma en gato hidráulico e intercepta el árbol antes de que se aplaste contra la cabeza de su primo.

—¡FIUUUUUUUUUU!

¡Por un pelo! —suspira Magnum sorprendido de estar aún entero—. ¡Creía que me convertiría en una pizza margarita!

¡HAS SIDO VELOZ COMO UN GATO!

—exclama Yo-Yo acercándose a su primo.

—¡Por mil bananillas galácticas, no os distraigáis y echadme una mano! —grita Supermetomentodo. Su traje se ha transformado en una honda para lanzar rocas contra RoboRRat—. ¡Carguen! ¡Apunten! ¡Fuego!

Pero las rocas rebotan como si fueran piedrecitas contra la coraza del megarrobot.

—¡Primito, no funcionará! ¡Es demasiado fuerte!

Ha evitado todos los ataques, incluido el **GRITO** de Magnum —dice Yo-Yo desanimada.

—¡Hasta me he quedado afónico a fuerza de gritar inútilmente! —añade Magnum—. Sólo me queda el «●●●●●●●●●●●●●●●»!

—¡¿Y a qué esperas?! ¡Úsalo!

—Pero ¡si RoboRRat explota, podría ocasionar daños **PEORES**!

—¡Tienes razón! —responde Yo-Yo—. Pero sólo es una máquina pilotada por alguien desde su interior. ¡Debemos encontrar el modo de bloquear los mandos!

Magnum se ilumina:

—¡O... podríamos hacer como con mi scooter!

—¿Qué quieres decir? —Los otros lo miran, perplejos.

—¡EMPUJARLO!

Yo-Yo y Supermetomentodo se miran:

—¿Cómo no se nos ha ocurrido antes?

—¡Vamos! ¡Yo-Yo, rápido, a lo alto de ese edificio! ¡Traje!

—¿*Qué desea, superjefe?*

—¡Adopta la modalidad **Ala Delta**!

—¿Por qué precisamente una ala delta? ¡Superjefe, un superhéroe necesita algo más vistoso! Un buldózer o un misil, o quizá un buen murciélago con las alas desplegadas...

—¡No estamos aquí para un desfile de moda superheroica, TRAJE! ¡El ala delta me irá perfecta! ¡Haz lo que te digo!

—*Recibido. ¡Que sea una ala delta!* —replica el supertraje contrariado.

¡¡¡PO P!!!

—¿Y esto qué es, TRAJE?

—*He intentado darle una pizca de buen gusto* —se justifica el traje.

Supermetomentodo pone cara de resignación.

—¡¡¿Buen gusto?!! Le diré a Copérnica que le eche un buen vistazo a tus circuitos. ¡Creo que te has vuelto creativ000000000

—¡Fantástica y fascinante como siempre! —S☺NRÍE Supermetomentodo con una inclinación exagerada, que hace que se caiga del morro de RoboRRat.

—¿Te has hecho daño, Supermetomentodo? —le pregunta preocupada Lady Blue.

—¡No, en absoluto! —responde él poniéndose en pie.

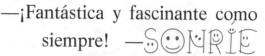

—dice ella lanzándole una mirada alegre.

—¡Se ha detenido! ¡Lo hemos conseguido! —los interrumpe Yo-Yo.

—... con una pequeña ayuda de nuestra fascinante colega —rebate ceremonioso Supermetomentodo.

En ese preciso instante, aparecen los coches de **POLICÍA** con las sirenas a todo sonar.

—Tengo que despedirme —se apresura Lady Blue—. ¡Ahora ya podéis arreglároslas sin mí!

—*Sísísí*, pero... ¿volveremos a vernos?

—¡Éso sólo depende de vosotros!

La **enigmática** superheroína desaparece en un abrir y cerrar de ojos, mientras Supermetomentodo se queda mirándola embobado.

—¡Planeta Tierra a primito! ¡Planeta Tierra a primito! ¿Estás ahí? ¡Responde! ¿Qué tal si

abrimos esa lata ambulante y *agarramos* al piloto?

—*¡Vivavivaviva!* ¡Tienes razón, Yo-Yo!

Los tres superprimos se encaraman al robot, Supermetomentodo fuerza y abre la cabeza de RoboRRat y... **en el cuadro de mandos del robot una pálida rata misera los observa con ojos suplicantes.**

28

Supermetomentodo la saca y la lleva a peso hasta el coche del comisario Musquash, que los recibe con su habitual aprensión.

—¡Mis *felicitaciones*, superhéroes: otra operación finalizada de un modo brillante! —les dice a los tres mientras **juguetea** con el sombrero entre las manos.

—Aquí tiene al terrible RoboRRat, comisario —exclama Supermetomentodo arrojando al piloto al interior del **FURGÓN** de la policía—. ¡No es más que una rata llorona lista para una buena temporada en Muskatraz!

—¡La cárcel es cien veces mejor que la ira de Blacky Bon Bon! —sisea la rata.

Mientras tanto, en **Muskrat City**, o más bien en el subsuelo de Muskrat City, donde ningún roedor osaría poner los pies jamás, el edificio «la Roca» de la ciudad de Putrefactum está en pleno alboroto.

Un tropel de ratas de cloaca (y alguna que otra cucaracha) escapan de allí aterrorizadas. Blacky Bon Bon, su jefe, está **ENCOLERIZADO** y nadie tiene tripas de quedarse cerca. Le está dando patadas a su trono, entre las miradas consternadas de sus socios, también conocidos como...

la **Banda de los Fétidos**.

—¡Fanfarrones! ¡Saco de chinches apestosas! —grita, escupiendo a diestra y siniestra—. ¡¿Será posible que entre todas las ratas de Putrefactum no haya una sola, ni una sola siquiera, capaz de llevar a cabo mis planes?! ¡Inútiles!

En un rincón del salón, el científico Sebocio intenta defenderse tímidamente:

—Pero jefe, mi robot funcionaba a la perfección. Si acaso, el defecto estaba en...

Una pata lo agarra por el cuello y lo obliga a callarse.

—El jefe tiene razón. ¡Eres un incompetente! Tus chatarras no son capaces de detener a esos BUFONES en pijama... —sisea Katerino, el viscoso asistente de Blacky Bon Bon. Su mayor aspiración es caerle en gracia a su jefe.

Uno, Dos y Tres, guardaespaldas personales de Blacky, se mantienen prudentemente a distancia.

—¡Cálmate, bomboncito, que si no te subirá la temperatura y te arderán los bigotes! —lo tranquiliza Mákula, su mujer, mientras lo llena de carantoñas y palmaditas afectuosas.

Pero Blacky no tiene ninguna intención de calmarse y la aleja bruscamente.

Mákula, ofendidísima, agarra a sus dos monstruitos de compañía con tanta fuerza que los hace ladrar de terror.

—Escucha a mamá, papaíto —bosteza Fiel, aburrida en un sofá—. No es culpa nuestra. Mientras esas tres supercosas... *etcétera...* jueguen a policías y ladrones con nosotros, las cosas no cambiarán... *etcétera...*

Entonces, se vuelve y enciende su reproductor de **MP3**. Blacky calla. Permanece inmóvil como una estatua, casi parece que esté haciendo acopio de fuerzas para un ataque de rabia definitivo. Los presentes retienen el aliento.

¡DESPUÉS, AL CABO DE UN RATO, EMPIEZA A REÍRSE!

—**¡JA, JA, JA!** ¡Amigos, parientes, secuaces! Mi pequeña Fiel me acaba de sugerir una gran idea.

Todos abren bien las orejas.

—¿Esos ratones en pijama se **divierten** jugando a policías y ladrones con nosotros? ¡Jar, jar, jar!

Todas las ratas asienten sin pestañear.

—¡Pues entonces, nosotros barajaremos las **CARTAS**, por las cerdas de mi cola! Las haremos jugar un poquito... ¡contra algún otro!

—¿Qué quiere decir, jefe, con esa diabólica

idea? —pregunta Katerino rompiendo el silencio de todos los presentes.

—Katerino, mi queridísimo y fidelísimo brazo derecho: los tres **SUPERHÉROES** ya nos conocen —continúa Blacky con tono afligido—, hasta han entrado en nuestra fortaleza. Contrarrestan nuestros movimientos y nos ponen en ridículo. Eso no podemos negarlo, ¿verdad?

Katerino **MIRA** al jefe y no sabe si decir que sí o que no.

—Pero ahora —exclama orgulloso Blacky Bon Bon— tengo intención de llevar a cabo mi próximo e infalible plan para la conquista de Muskrat City. ¡Convocaré a Putrefactum a un aliado!

Murmullos de estupor atraviesan la sala a lo largo y ancho.

—Precisamente eso. En Muskrat City, sólo estoy yo... así que nosotros somos los únicos señores del crimen; pero en el mundo hay otros

roedores poderosos que odian a los muskratenses y serían felices si los **VIERAN** des-
truidos...

Katerino encuentra fuerzas para levantar una
garra y hace una segunda pregunta:

—¿Y qué querría a cambio de su ayuda ese
aliado?

—**JAR, JAR, JAR**... Dinero y riquezas, mi buen Katerino. Pero sobre todo la
recompensa más gustosa...

¡LA VENGANZA!

¡JAR, JAR, JAR!

Por toda la sala circula un murmullo de complacida aprobación.

—¡Preparad el podridófono para una llamada intercontinental! —grita satisfecho—.

¡LA VICTORIA ESTÁ CERCA!

Animados por el recuperado optimismo de su jefe, las ratas se ponen en acción. Vuelven a sus tareas con renovado entusiasmo: y hay una agitación de colas. Sebocio se precipita a su laboratorio; Uno, Dos y Tres se sacan de los bolsillos sendos periódicos; Katerino, con sus maneras viscosas, trae el podridófono mientras se frota las PATAS satisfecho.

Mákula, finalmente, se retira complacida a sus aposentos con sus inseparables monstruitos para retocarse el maquillaje.

Y finalmente, Fiel se levanta perezosa del **sofá** con una mueca satisfecha, sube el volumen de su reproductor de **MP3** y, a ritmo de música Rat-Metal, abandona el salón.

Los días trascurren rápidos y febriles, tanto en la superficie como bajo la ciudad de Muskrat City. *RoboRRat se ha convertido en una atracción del parque infantil, mientras en las cloacas, en la oscuridad fétida de Putrefactum, se ha difundido un insólito fermento de actividad.*

Musculosas ratas limpian las superficies en las que consiguen meter las GARRAS. Hay quien arranca incrustaciones antiguas, quien barre suciedad y elimina moho acumulado en los intersticios de las tuberías, quien intenta quitar la HERRUMBRE de la fachada de la Roca de Putrefactum.

Mákula lo supervisa todo, **INCITANDO** a los sirvientes con voz petulante:

—¡Frota mejor esa tubería! ¡Y tú, sácale más brillo a esa puerta! ¡Os advierto que mi bomboncito quiere quedar bien con su amigo!

Las ratas RESOPLAN y sudan sin decir palabra: ¡temen la ira de Mákula Bon Bon aún más que las reprimendas del jefe!

A poca distancia de la Roca de Putrefactum, Blacky está pasando revista a la guardia de la ciudad, firme y ATENTA a la espera del gran huésped.

—Bien, bien... diría que puede funcionar... ¡tú, mantén el morro más alto! ¡Y vosotros, alinead las colas! ¿Qué me dices, Katerino? —le pregunta Blacky a su viscoso asistente, que lo va siguiendo paso a paso—. ¿Debería obligar a que les corten las colas? Esos pellejos **DESMOCHADOS** no son gran cosa, en realidad...

Al oír esas palabras, la fila de ratas retiene el aliento, aterrorizada.

Pero con su voz meliflua, Katerino replica:

> DIRÍA QUE ASÍ ESTÁ BIEN. SON SUFICIENTEMENTE ELEGANTES, PARA LO QUE SON...

Así, Blacky Bon Bon gruñe una aprobación y el pequeño ejército suelta un suspiro de alivio.

Después, con las manos cruzadas a la espalda, Blacky vuelve a la Roca, donde Mákula lo espera en el centro de la plaza principal, impartiendo las últimas órdenes:

—¡Escupe ese **CHICLE**, Fiel, y apaga el reproductor de una vez! ¡Uno, Dos y Tres, poneos allí, a la derecha! ¡Tú, Sebocio, quédate en segunda fila, detrás de ellos!

—Pero yo soy el científico de Putrefactum, yo soy quien debería recibir al huésped, enfrentarme a él para demostrarle nuestro alto grado de conocimiento... —intenta objetar la rata, que hace poco que ha descubierto que el **misterioso** aliado de Blacky Bon Bon es precisamente un científico, un renegado e incomprendido científico.

Mákula no se inmuta:

—¡Ni lo sueñes, Sebocio, con esa camisa manchada de **ASQUEROSIDADES QUÍMICAS**! ¡Menudo papelón!

Bajando el morro, Sebocio se desliza hasta la segunda fila, entre Elf y Burp, los monstruitos de compañía de Mákula.

¡Los dos animales, fastidiados, reaccionan tirándose dos pequeños pedetes!

—¡Vosotros dos, ya basta! —les grita su ama—. A mi bomboncito le fastidian los malos olores!

—**¡JAR, JAR, JAR!** ¡No tendremos que soportar este hedor de cloacas durante mucho tiempo más! —dice Blacky—. ¡Por fin Muskrat City será nuestra!

—¡Todo está listo para la ceremonia, Blacku-cho querido! —dice Mákula poniéndose de perfil para ser *admirada*. La mujer del jefe lleva su vestido más chillón; los dos monstrui-tos, relimpios y con el pelo cardado, dan salti-tos alrededor de sus amos. A un lado, Katerino mira impaciente el reloj...

¡ME PARECE QUE A ESE TIPO LE GUSTA HACER-SE ESPERAR!

—farfulla para sí. Blacky le lanza una mirada:

—Pensaba que uno de nues-tros chóferes lo había ido a bus-car con mi limusina...

—¡QUÉ VA!

—exclama el brazo derecho—. Nuestro nuevo

aliado ha rechazado la limusina. Me ha dicho que prefiere llegar por sus propios medios.

— ¿Ha rechazado mi valioso Perforamóvil?

—Dice que tiene algo mejor, jefe...

—¿Ah, sí? ¿Mejor que el Perforamóvil? ¡Eso habrá que verlo! —rebate Blacky, escrutando la plaza con los brazos cruzados.

De repente, en la periferia de la ciudad subterránea se eleva un estruendo de trompas y trombones. Las ratas, en fila, se ponen firmes, mientras la familia Bon Bon otea el horizonte con impaciencia.

A continuación, de las tinieblas despunta un extrañísimo ejército que avanza hacia la plaza a paso acompasado, cada vez más fuerte, haciendo temblar el suelo de Putrefactum.

—Pero eso son... son... —susurra Mákula.

—¡Son grillotopos! —dice Fiel—. Grillotálpidos, parientes de los grillos y de los saltamontes. ¡Voracísimos insectos excavadores, *etcétera*... y eso que está avanzando hacia aquí... *etcétera*... es un **enjambre** entero!

Fiel es expertísima en insectos y siempre ha tenido la excepcional capacidad de hablar con ellos.

—Pero parecen soldados... —exclama Katerino.

—¡Lo has **ADIVINADO**! ¡Son soldados y están bajo mi mando! —declara una voz autoritaria proveniente de las últimas filas del desfile de insectos.

Dos filas de **GRILLOTOPOS** sostienen en alto una inmensa plataforma, que sustenta

una litera de terciopelo verde y un trono ricamente incrustado.

¡Ese trono es más grande que el mío!

—le susurra Blacky a Mákula.

—No te pongas celoso, bomboncito... Tú eres el jefe más amado del mundo.

En el trono portátil se sienta un roedor con una extraña máscara que le cubre el rostro.

—¡Bajadme! —ordena con gesto autoritario.

Obedientes, los *insectos* dejan en el suelo la plataforma: más adelante, una fila de trompetistas toca una fanfarria ensordecedora.

El huésped de Blacky atraviesa presumido su **EJÉRCITO**, que se abre a su paso, inclinándose solemnemente.

—¡Ya podría tener yo una obediencia así! —protesta Blacky con envidia.

No digas eso, ratino de mi corazón... ¡ya sabes que aquí todos te queremos mucho!

—trata de tranquilizarlo Mákula susurrándole al oído.

—¡Nada de **tonterías** en público! ¿Quieres hacerme quedar mal? —replica él bastante irritado.

Mientras, el jefe de los grillotopos ha llegado frente a Blacky Bon Bon. La **Banda de los Fétidos** observa al desconocido. El morro del Ratotopo está oculto tras una gran máscara de madera con rasgos de ratón, y su aspecto infunde un cierto temor.

Blacky Bon Bon lo mira sin conseguir decir una sola palabra.

Mákula rompe el silencio:

—Ejem... ¡muy bonita esa máscara! ¿De dónde procede? ¡Parece muy antigua! ¿Es valiosa? Desde detrás de la **MÁSCARA**, una voz profunda y sombría le responde a Mákula:

—Esta máscara es un hallazgo único, encontrado por mí hace muchos años. Tiempo ha, mi nombre era Héctor O'Cephalus y era profesor en una universidad del mundo de arriba. Pero ¡ahora ya no!

—**¡GUAU!** —exclama Fiel, impresionada por el tono teatral del recién llegado.

El ex profesor continúa con su tono amenazador y solemne.

¡AHORA SE ME CONOCERÁ COMO EL TERRIBLE RATOTOPO, EL REY DE LOS GRILLOTOPOS!

—Es un verdadero placer y un privilegio tenerte como invitado en Putrefactum —le dice Blacky.

—Sé que haremos grandes cosas juntos.

ÉSTA ES MI FAMILIA, HÉCTOR... QUIERO DECIR, ¡RATOTOPO!

Mákula lo invita a acomodarse en la Roca de Putrefactum. Ratotopo asiente con un gesto casi imperceptible y la sigue al otro lado de las portentosas cancelas de la fortaleza.

Fuera, la guardia de Putrefactum y el ejército de grillotopos se escrutan en silencio.

En la Roca, Blacky Bon Bon le muestra a Ratotopo las magnificencias de su BASE DE OPERACIONES, intentando impresionar a su aliado.

—Aquí está mi sala del trono... allí el estudio donde elaboro mis ESTRATEGIAS de conquista... y aquí, aquí están los laboratorios, donde se fabrican nuestras armas más avanzadas e ingeniosas...

—Hum. Sí, sí, no está mal... —comenta el otro con un deje de indiferencia en la voz.

Mákula **CORRETEA** detrás de ellos, siguiéndolos con bandejas y pastelitos.

—¿Le apetece alguna cosita, señor Ratotopo? ¿Un batido de líquenes? Pruebe estos pastelitos de cucaracha...

Blacky, mientras, continúa exponiendo su **curriculum criminal**:

—También hubo aquella vez que desencadené a cuatro monstruos gigantes... y antes, conseguí desvalijar el banco más grande de Muskrat City...

—¿Y USTED?

—interviene Fiel—. ¿Cómo inició su carrera criminal?

Ante un contrariado Blacky Bon Bon, Ratotopo hincha el pecho y empieza a contar.

EN SEGUIDA COMPRENDÍ QUÉ TENÍA ENTRE MANOS: ¡EL SECRETO DEL PODER DE LOS ANTIGUOS RATOTOPOS!

¡ES ÉSTA! ¡ES LA MÁSCARA DE MANDO!

LA ESTUDIÉ TODA LA NOCHE. ¡MI INTUICIÓN ME DECÍA QUE AQUELLA MÁSCARA LES HABÍA DADO A LOS RATOTOPOS EL PODER...

PERO ¿CÓMO FUN-CIONARÁ?

...DE ADIESTRAR A L[...] INSECTOS-EXCAVADOR[...] Y HACERLOS TRABAJ[...] A SUS ÓRDENES!

¡TRAS UN RATO, TUVE UN GOLPE DE GE-NIALIDAD!

ME PUSE LA MÁSCARA...

TONF

TUMP

SKIKKISKI

SKISKISKISKI

¡MENUDA INUTILIDAD! ¡TANTO EXCAVAR PARA NADA!

Y EMPECÉ A HABLAR A TRAVÉS DE ELLA. ¡AL PRINCIPIO NO PASÓ NADA! ¡ESTABA REALMENTE CON-TRARIADO! PERO ENTONCES...

—Y entonces, ¡¿qué sucedió?! —pregunta Fiel con curiosidad.

—¡No me equivocaba! ¡Las antiquísimas **Inscripciones** de la civilización de los grillotopos decían la verdad! Los insectos excavadores acudieron a la llamada de la máscara, como habían hecho en el curso de los siglos, prestos a obedecer mis órdenes!

La Banda de los Fétidos permanece con las orejas tiesas hasta la última palabra del profesor.

—¡Desde aquel momento, mi destino estuvo más claro que nunca... me convertiría en el jefe de los grillotopos más poderoso de todos los tiempos!

Hinchando el pecho, O'Cephalus concluye el relato con solemnidad:

—¡El antiguo poder de los ratotopos vive ahora en mí!

Un silencio tenso se extiende por la sala.

—Sí, ya, vale —farfulla Blacky Bon Bon evitando **SUBRAYAR** las frases del huésped.

—Eeee... disculpe, señor Ratotopo... —pregunta obsequioso Katerino *frotándose* las patas—. ¿Ya ha probado su poder?

—¡¿Cómo se atreve?! —exclama el profesor irritado—. ¡He robado bancos, joyerías y museos en tres continentes! ¡He hecho **de-saparecer** un barco entero!

—**¡GUAU!** —exclama Fiel—. ¿Y cómo?

—Lo hundí, obviamente —responde él con énfasis—. ¡Soy el criminal más grande de todos los tiempos, soy el temidísimo Ratotopo! ¡No necesito aliados!

En ese instante, viendo que ha ofendido a la **Banda de los Fétidos**, O'Cephalus lo intenta remediar:

—Vaya, quería decir que... que también yo, igual que vosotros, soy un habitante del **SUBSUELO**, y que también yo odio a esos roedores de la superficie... ¡Ahora tenemos un objetivo común!

Impacientado por las exageraciones de su aliado, Blacky Bon Bon grita:

—¡Basta de charla! Demos inicio a nuestro plan: ¡obligar a los muskratenses a abandonar la ciudad!

Mientras tanto, los habitantes de **Muskrat City** han vuelto a la vida cotidiana, ignorantes del complot de Blacky Bon Bon.

Es viernes, y Trendy Quesoso, que así se llama la superheroína en su vida normal, asiste a clase de Historia. Los alumnos, distraídos por el inminente sonido de la CAMPANA, esperan salir corriendo de la escuela.

Trendy, en cambio, mira fijamente al profesor.

—...una generación de criminales, hasta entonces **desconocida**, llegó a nuestra ciudad. Pero, por suerte, en aquella época, Muskrat City contaba con el apoyo de un **SUPERHÉROE** invencible, Master Rat, histórico defensor de la ciudad.

La joven Trendy Quesoso deja **ENTREVER** una sonrisita; ella sabe muy bien quién es Master Rat: ¡es el fundador de su familia, la familia Quesoso! Entonces, piensa en sus primos.

Brando está esquivando coches en el tráfico a bordo de su **scOOter** para entregar las últimas pizzas.

—¡Qué caos hay a estas horas! —exclama mientras se cuela entre las filas de coches—. No veo la hora de volver a Súper Pizza... Se me hace la boca **AGUA** al pensar en la pizza con doble de queso que me espera allí...

Parece todo tranquilo, ¡ningún indicio de las ratas del subsuelo! La Banda de los Fétidos no da señales de vida. *¡Mejor así! Y eso que a Brando, a pesar de todos sus miedos, el trabajo de superhéroe no le disgusta en absoluto.*

Metomentodo Quesoso, el tercero de los primos de la familia de superhéroes Quesoso, pasea por las **CALLES** de Ratonia, en dirección a su despacho, en la Agencia de Investigaciones Quesoso.

—*Buenobuenobueno*, otro caso resuelto... Me gusta ser investigador, *sísísí*... aunque la carrera de superhéroe es aún más bonita.

El reloj de pulsera de Metomentodo, que se ilumina cuando el **PELIGRO** reclama su presencia urgentemente en Muskrat City, está extrañamente tranquilo.

Desde la última derrota infligida a la Banda de los Fétidos, la vida en Muskrat City discurre tranquila.

O ESO PARECE...

—¡Si aquí en Ratonia pudiera *requetexplicitar** lo que hago en Muskrat City! —farfulla apretando el paso hacia la agencia, cuando, de re-

* *Requetexplicitar:* explicar los secretos.

pente, el reloj proyecta una «**S**» luminosa contra las paredes del despacho.

—**¡VAYAVAYAVAYA!** —exclama Metomentodo—. ¡Copérnica me llama!

A toda prisa, corre hacia el teléfono, pero una piel de plátano primero lo manda por los aires patas arriba y después lo estampa contra el escritorio.

—¡Oh, mis posaderas! —se lamenta mientras

63

tres «S» luminosas 𝒢𝐼𝑅𝐴𝑁 aún más rápidamente por las paredes.

—¡¿Copérnica?! ¡Aquí Metomentodo! ¡¿Qué ocurre?!

—Oh, hola, Metomentodo —responde la voz **tranquila** de la cocinera-científica de la familia Quesoso—. ¡Por todos los neutrinos rebozados! ¡Qué alegría oírte!

Por el ruido de fondo, Metomentodo deduce que Copérnica está COCIENDO algo en su cocina-laboratorio.

—Estoy preparando la cena para esta noche...

—explica ella—. ¿Pongo un plato para ti? ¿Qué me dices?

—Pero ¿cómo? ¡El superreloj se ha iluminado! ¿No me has llamado tú?

—Oh, no. Por aquí todo está tranquilo. Pero a

veces... pasa que el **reloj** se activa automáticamente...

—¿Estás segura entonces de que no están atacando las ratas?

—¡Por supuesto que lo estoy! ¡Tan segura como de estos **GUISANTES**!

—Mmm... *valevalevale*. ¡Bueno, entonces nada! Luego hablamos.

En el tiempo de colgar, Metomentodo ya está llamando a Brando:

—¡Primo! ¿Hay novedades?

—ÑAM, CHOMP... ¿EH?

Oh, hola, primo. ¿En qué sentido? —farfulla mientras se come una pizza con doble de queso.

—¿Hay **AMENAZAS** de las ratas?

—Que yo sepa, no. ¿Por qué?

—Mi reloj se ha encendido sin razón aparente,

pero tengo un **feo** presentimiento —explica Metomentodo—. Ve al Palacio Quesoso. ¡Yo llegaré en seguida!

—Pero... ¿cómo voy a dejar mi puesto de trabajo?, ¿me voy y ya está?

—¡Usa el SplitQuesoso! ¡Hasta luego, tengo que salir!

—¿El Split... *qué*? ¿Qué es eso, primo?

Pero Metomentodo ya ha **colgado**. Brando telefonea a Trendy en seguida.

—¿Cómo se te ocurre llamarme mientras estoy en clase? —responde ella fastidiada.

—Pero ¡es una emergencia, Trendy!

—¿Has vuelto a perder las llaves de casa?

—**Nnnoseñora**. Cuando digo *emergencia*, quiero decir *emergencia*... ¿entiendes? —susurra Brando con tono de conspirador.

—¡Ok, entonces activo el SplitQuesoso en un ratosegundo y nos vemos en el Palacio Quesoso!

—¡Un momento! ¿Qué es el SplitQuesoso?

—¡Primito! Pero ¿dónde te has olvidado la **CABEZOTA**? ¡Copérnica nos lo dio la semana pasada!

—¡Ah,! Creía que era una chocolatina... La voz **horrorizada** de Trendy se levanta una octava:

—¡¡¡No me digas que te la has comido!!!

—Mmm... no, ¡pero había pensado en ello!

Cuando Brando cuelga el teléfono, Trendy ya ha entrado en acción.

Se saca una **BARRITA** de los pantalones en la que pone: «*SplitQueso-so. Léanse atentamente las instrucciones. No dejar sin vigilancia*», y, en letra mucho más pequeña, «*¡Buena suerte!*».

La empuña y la **exprime**, haciendo caer una gran gota de color rosa, que se hincha en cuanto toca el suelo.

BLOB BLUB BLOB BLOB
BLUB BLOB BLOB BLUB
BLOB BLOB BLUB BLOB

¡La masa rosa crece y se modela hasta alcanzar la forma y la altura de Trendy, y lentamente se hace idéntica a ella!

Trendy le arregla el **CABELLO**, le ajusta el jersey y le ordena:

—Vuelve a clase y sustitúyeme. ¡Al final de las

clases, vete al Palacio Quesoso, con mucho cuidado de que nadie te ! Ni siquiera esa ñoña de nuestra compañera de pupitre.

La copia de Trendy asiente y después se aleja con paso firme.

Tras acabar la conversación con Brando, Metomentodo se mete en el cajón secreto de su archivador y desde allí desciende rapidísimo hasta la habitación subterránea donde se esconde la E S F E R A Supersónica que conecta su oficina con Muskrat City.

—¡Mi intuición de superhéroe se huele problemas! —se dice poniéndose a los mandos.

EL RELOJ NO DA LA ALARMA SIN MOTIVOS. ¡OCURRE ALGO!

Metomentodo pisa el pedal de aceleración y la Esfera se lanza a lo largo de una VIA subterránea a toda velocidad.

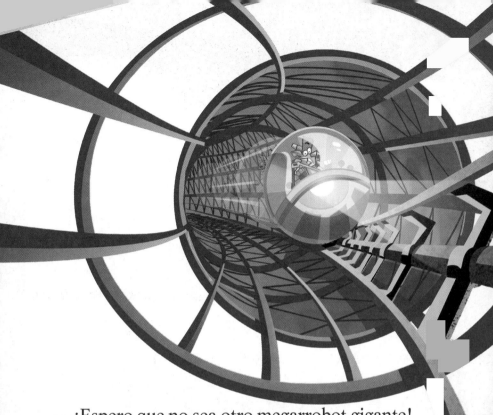

—¡Espero que no sea otro megarrobot gigante! ¡O un **MONSTRUO** gigante! ¡O una amenaza de proporcionas ciclópeas! —murmura para sí—. Si al menos esas **ratas** tuvieran un poco más de imaginación...

A medida que la velocidad aumenta, los contornos del túnel **supersecreto** se hacen cada vez más confusos. Metomentodo está convencido de casi haber llegado al Palacio Quesoso. Pero, en cambio...

Metomentodo está totalmente trastornado. La Esfera se ha salido de la vía, pero por suerte la cápsula de cristal **irrompible** le ha evitado males mayores al superratón. Con dificultad, sale al túnel, que está invadido por una miríada de extraños insectos.

—¡Nunca había visto algo así! —exclama—. ¡¿Qué son?!

Los grillotopos saltan como locos por todas partes, pero parecen ignorar por completo a Metomentodo: están ocupados excavando un segundo túnel.

Metomentodo se rasca la cabeza mientras mira lo que sucede. Y, de repente, lo comprende:

—¡Estas *cosas* van directas al centro de la ciudad! ¡Estamos debajo de Muskrat City!

CRI CRI CRI CRI CRI CRI CRI CRI

—¡No hay un segundo que perder! ¡Debo adelantarlos y avisar a todos del peligro!

Con la Esfera estropeada, sólo tiene un modo de hacerlo: **¡CORRER!** Así pues, Metomentodo corre lo más rápido que puede hasta el final de las vías.

—¡Menos mal que he llegado a mi destino...! ¡Sin el TRAJE soy tan vulnerable como una chocolatina al sol!

Sube por la escalerilla que lleva al laboratorio secreto del Palacio Queso-so. **Sale por la escotilla de entrada y se deja caer al suelo, esperando recuperar el aliento.**

Cuando abre los ojos, tres figuras están inclinadas sobre él.

–¡Tsk! ¡Tsk! ¿Qué diría el Maestro Huang si te viera ahora, primito?

—Diría que... estoy un poquito... *desarrechumbado** —admite Metomentodo agotado.

Brando y Trendy ya llevan puestos sus supertrajes. Copérnica tiene en la mano el de Supermetomentodo, amarillo y resplandeciente.

—¿Necesitas esto, por casualidad?

—Sí... claro... —jadea Metomentodo—. Sólo quería deciros que...

—¿Que hay un inmenso enjambre de bichos que excavan, revolotean y

CHI-CHI-CHI-RRÍAN

continuamente? —se le adelanta Yo-Yo.

—¿Qué? ¡¿Ya lo sabéis?!

—Lo han dicho en el telediario.

En ese momento, Metomentodo se levanta: la

* Desarrechumbado: trastornado.

75

megapantalla que cubre toda la pared está **SINTONIZADA** en cuatro canales de televisión. Y cada uno de ellos muestra la misma escena.

¡Las calles de Muskrat City invadidas por miles de pequeñas **criaturas verduscas**, que se meten por todas partes! ¡Lo cubren todo!

—¡Estaban ahí abajo! En el túnel... y han hecho **DESCARRILLAR** mi Esfera.

—*Tranqui*, primito. Aunque hubieras llegado un poco antes, no había nada que pudieras ha-

cer: esas... cosas... han **salido** de repente a decenas de agujeros del terreno. ¡El suelo de Muskrat City parecía un queso gruyere!

¡SÍ! –EXCLAMA MAGNUM RELAMIÉNDOSE LOS BIGOTES.

PERO ¿QUÉ CLASE DE BICHOS SON? –PREGUNTA YO-YO.

– ¿Y DE DÓNDE VENDRÁN? –AÑADE MAGNUM.

—Sólo lo descubriremos estudiándolos de cerca... —observa Copérnica perpleja.

—¡Por mis bananillas espaciales!

¡Bien dicho! ¡Salgamos de aquí, superhéroes! ¡Muskrat City nos espera!

En menos de diez segundos, Metomentodo se pone el traje y, en seguida, los tres héroes se catapultan al cielo de la ciudad.

—¡Buena suerte, queridos míos —dice Copérnica despidiéndose—, volved a tiempo para la cena!

Surcando los cielos de Muskrat City, Magnum **APRIETA** el manillar con seguridad, Yo-Yo va agarrada a su tripota y Supermetomentodo vuela con las botas transformadas en una tabla de skyboard, enganchada al **scOOter** por un cable.

—¡Yajuuuu! ¡Esto sí que es vida!

Magnum se lanza en **PICADO**.

—¡Bajemos a echar un vistazo de cerca a esos bichos! —exclama Supermetomentodo.

Con una pirueta acrobática, Magnum pasa entre dos rascacielos.

—¡YAAAJUUUUUU!

—exclama Supermetomentodo mientras va volando.

—¡Mirad allí! —grita Trendy—. ¿Quién es ese tipo?

Sobre el tejado de un edificio hay un extraño roedor que improvisa un baile.

—¿Y qué es esa máscara que lleva sobre el morro? —pregunta Magnum.

O tros ojos observan la danza de Ratotopo, a través del vídeo del podridófono. **Y otros oídos, en la profundidad de las cloacas de las ciudad, escuchan su voz a través de micrófonos escondidos:**

—¡La ciudad está de rodillas! —se regocija Ratotopo, observando extasiado a su ejército, que ocupa cada rincón libre—. ¡He superado vuestros planes mediocres! ¡He invadido **Muskrat City** en menos de media hora! ¿Soy o no soy el mayor genio criminal de todos los tiempos?

A esa pregunta, la horda de grillotopos en torno a él se inclinan FROTÁNDOSE las patas con entusiasmo.

—¡Menuda filfa! —gruñe entre dientes Blacky

Bon Bon—. ¡Mira que obligar a que lo aplaudan esos *insectos* sin cerebro! La Banda de los Fétidos se apelotona a su alrededor para disfrutar de la escena de la conquista.

—Debo admitir que Ratotopo ha triunfado, jefe —farfulla Katerino a regañadientes.

—Sí, sí, eso es verdad...

—admite Blacky también de mala gana—. Pero ¡podría ahorrarse todas esas escenitas!

—Por otro lado, ha sido tuya la idea de aliarnos con él, ¿no es cierto, mi querido bomboncito? —intenta **LEVANTARLE** la moral Mákula.

—Ciertísimo. El olfato de un jefe se aprecia sobre todo en la elección de sus aliados... —añade Katerino con sus maneras de pelotilla.

Apretados unos contra otros en el sofá, Uno,

Dos y Tres demuestran su aprobación con teatrales **GRUÑIDOS**.

—Eres siempre el mejor, *etcétera*, papi —bosteza Fiel, mientras sigue distraídamente la invasión de los grillotopos, paladeando ya el momento en que podrá sintonizar Radio Miasma, su cadena de radio preferida. Blacky escruta el vídeo, en parte apaciguado por las lisonjas de su corte.

—Sin embargo, la victoria aún no es segura. Tendremos problemas si vuelven esos superpesadísimos...

—¡PUES MIRA, AHÍ ESTÁN!

—grita Fiel, que de pronto está muy atenta.

Al oír esa exclamación, Elf y Burp dan un respingo y sueltan uno de sus apestosos pedetes.

—¡Bestias flatulentas! —gruñe Blacky Bon Bon—. *¡Que alguien abra una ventana, por todas las mofetas hediondas!*

Mákula obedece mecánicamente, sin apartar los ojos de la pantalla.

—Ahí está el rojo. Y detrás viene la ratonucha esa fucsia. Pero ¿dónde está...? ¡Ah, ahí también está el ratonazo ese amarillo! Que no vale nada en comparación con el rojo.

La **Banda de los Fétidos** se acerca aún más a la pantalla.

Blacky Bon Bon escruta las caras de sus superenemigos:

¡Los ve aterrizar en el tejado y acercarse a Ratotopo!

¡SUBID EL VOLUMEN, CEREBROS DE CUCARACHA! ¡QUIERO SABER QUÉ DICEN!

Rodeados de enjambres de grillotopos, los tres superhéroes se enfrentan a su adversario. Supermetomentodo toma primero la palabra:

—¡Identifícate, extranjero enmascarado! ¿Quién eres, qué haces aquí y qué pretendes?

Ratotopo lo  imperturbable.

Tras un largo, interminable silencio, Ratotopo deja oír su voz:

—Veamos... El roedor con el TRAJE transformista, la microrroedora, el tripón con la garganta de oro... Sí, he oído hablar de vosotros.

—¡Bueno, claro! ¡Somos famosos!

—¿Y quién te ha hablado de nosotros? ¿Tus cómplices?

—¿*Cómplices?* ¡Yo soy Ratotopo, no necesito *cómplices*! ¡Me bastan mis sirvientes, los grillotopos, para tener en un puño vuestra ciudad! A Supermetomentodo se le **oscurece** el semblante. Esa voz altiva no le es extraña... Pero no consigue explicarse cuándo y dónde la ha oído antes.

—Os parecerá extraño —les murmura a sus primos—, pero ese tipo me recuerda a alguien...

—¿A UN PÉSIMO ACTOR? —bromea Yo-Yo.

—¡Me ha llamado tripón! —protesta Magnum.

El roedor enmascarado alarga los brazos con un gesto **imperioso**:

—Llevad mi mensaje a la ciudadanía, superhéroes. Que todos los muskratenses dejen sus riquezas en patas de mis grillotopos. *En ese caso, y sólo entonces, os dejaré marchar sin tocaros un pelo.*

—¡Esa historia ya la hemos oído antes! —rebate Supermetomentodo—. ¿Qué me dices de si en vez de lo que propones te largas de aquí... y **RAPIDITO**... y de paso tapas todos los agujeros que han abierto tus insectos?

—Ya me he encontrado a gente tan presuntuo-

sa como vosotros durante mi carrera preceden-
te. ¡Ratones de **horizonte** li-
mitado, cerebros microscópicos, envidiosos del
montón!

Su voz es una mezcla de rabia
y frustración.

—¡Os haré ver quién soy yo!
¡Le demostraré a todo el mundo adónde me han llevado mis
teorías!

¡Y ESTO NO SE ACABA AQUÍ!

Pateando el suelo con rabia,
Ratotopo añade:

—¡Grillotopos, nos vamos! ¡Por ahora basta,
esto ha sido sólo un ensayo! ¡Volveremos! **¡Y
será el fin para los muskratenses!**
El ratón enmascarado chasquea los dedos y, de
golpe, todos los grillotopos se van volando.

Por toda la ciudad, los insectos alzan el vuelo en un batir de alas verdusco. El enjambre se convierte en una gigantesca **nube** que oscurece el sol. En medio de ese fragor de alas, patas y mandíbulas, Ratotopo se aleja transportado por sus sirvientes.

Es inútil intentar *SEGUIRLO*: los superhéroes se protegen la cara de los miles de insectos que se elevan a su alrededor, y cuando consiguen levantar la mirada al cielo, Ratotopo ya está lejos. Su voz truena aún sobre sus cabezas:

¡PREPARAOS PARA LO PEOR!
¡UNA LARGA NOCHE CAERÁ
SOBRE MUSKRAT CITY!

El enjambre de grillotopos empieza a girar como un tornado. El enorme remolino de aire se enrosca como un **EMBUDO** y desaparece en un agujero excavado en el suelo.

En el tejado del edificio, los tres superhéroes se miran estupefactos.

—Pero ¿habéis visto ese VÓRTICE? Increíble...

—¡Y todos los insectos han desaparecido!

—¿Por qué se ha ido? ¿Qué habrá querido decir con esas palabras?

Supermetomentodo es el superhéroe que está más **aturdido** de todos:

—No lo sé, pero debemos prepararnos. Volvamos a casa.

¡AL MENOS AHORA SABEMOS A QUIÉN NOS TENEMOS QUE ENFRENTAR!

L a Banda de los Fétidos sale de la Roca y se encuentra con Ratotopo en la plaza de Putrefactum. A su alrededor, los grillotopos emiten su habitual CRI, CRI, CRI...

CRI, CRI, CRI... CRI, CRI, CRI...

—¿Habéis visto qué salida a lo grande? —se pavonea el jefe de los insectos—. ¡He dejado a esos superratones con un palmo de morro!

—**REALMENTE NOTABLE** —admite Blacky apretando los dientes.

Con tono incitante, Katerino añade:

—Señor Ratotopo, ¿y cuál será ahora su **estrategia**?

—Sencillísimo —replica el otro—, pondré la ciudad a mis pies con invasiones dirigidas:

¡ahora que ya nos han visto, vivirán con el terror a nuestro ataque, y se verán obligados a aceptar todas nuestras demandas!

—¿Y cómo piensa hacerlo? —le pregunta bruscamente Blacky.

¡MIS SIRVIENTES PUEDEN SER MUY PERSUASIVOS!

—¡Si tú lo dices...! ¡Yo, por ahora, sólo los he visto revolotear de aquí para allá! —estalla el jefe de las ratas.

Con un tono de condescendencia, Ratotopo le explica:

—Por ahora eso ha sido suficiente, pero mis insectos saben hacerlo mejor... ¡ya verás!

Y se vuelve con su ejército con paso marcial.

En cuanto está fuera de su vista, Blacky se VUELVE hacia su mujer:

—¡Grrr! ¡Ése me trata como si yo fuera inferior,

y ni siquiera me llega a la **CORBATA**!

—¡Ten paciencia —le dice Mákula abrazándolo cariñosa—, cuchi cuchi...! ¡No hay nadie mejor que tú!

¡MIENTRAS TANTO, EN MUSKRAT CITY HAN CAÍDO LAS SOMBRAS DE LA NOCHE!

Supermetomentodo ha transmitido a la policía el ultimátum de Ratotopo. El comisario Musquash, en alerta máxima, ha dispuesto las fuerzas de la policía por toda la ciudad.

—Tenemos **AGENTES** por todos lados, desde la zona industrial hasta los puentes del Ondatra River —farfulla, siempre sudoroso por la agitación.

—No olvide los bancos y el hospital... —sugiere Supermetomentodo.

—¡Y la prisión! —tiembla Yo-Yo.

Pero a pesar de la alarma y los puestos de control, la vida de la metrópoli no parece resentirse.

Frente a la Central de Policía, el comisario se vuelve hacia Supermetomentodo:

—Supermetomentodo, ¿y si esto sólo fuera un **ENORME ENGAÑO**?

—¡Ese Ratotopo es un gran fanfarrón, sí! Pero no creo que debamos tomárnoslo a la ligera.

—Tenemos información sobre él —añade Yo-Yo—. Desde hace **9 años** es uno de los criminales internacionales más buscados. Y en cuanto a los insectos que dirige...

—¿Sí? —le pregunta Musquash inquieto.

—Copérni... es decir, una valiosa fuente de información nos ha explicado que los grillotopos son **EXCAVADORES** habilísimos, también saben volar y...

En ese instante, las luces de la ciudad se apagan y Muskrat City se sume en la oscuridad.

¿QUIÉN HA CORTADO LA CORRIENTE?

—exclama Magnum.

Sólo las luces de los coches patrulla iluminan la calle. Yo-Yo se mantiene impertérrita, como si no hubiera pasado nada:

—...como os iba diciendo, ¡los grillotopos son sobre todo criaturas **NOCTURNAS**!

En las tinieblas que los rodean, se oye un débil pero siniestro chirrido: el ruido de miles de mandíbulas frenéticas.

CRI CRI CRI CRI CRI CRI CRI CRI

—Oh, oh... ¿también vosotros estáis pensando lo mismo que yo? —pregunta Supermetomentodo.

—¡No sé qué estás pensando tú, pero... —el **trío** se junta cada vez más, preparándose para un enfrentamiento inminente—.

... yo no pienso en nada!

—exclama Magnum.

96

Los policías, *inquietos*, se llaman unos a otros en la oscuridad. El comisario, a unos pasos de distancia, pregunta:

—¿Hay algo más que tengamos que saber de estas **CRIATURAS**?

A medida que el enjambre emerge del subsuelo, sus chirridos se hacen cada vez más audibles.

—¡A decir verdad, sí...! —traga Yo-Yo.

CRI CRI CRI CRI CRI CRI CRI
CRI CRI

—...¡Son animalitos muy voraces!

CRI CRI CRI CRI CRI CRI CRI
CRI CRI

—Entonces, así es como han cortado la corriente de la ciudad: ¡han roído los cables eléctricos!

¡Kilómetros y kilómetros de cables! ➤

—¡Va a ser la noche más larga de Muskrat City! —exclama el comisario.

El ruido de miles de mandíbulas y patitas frenéticas se acerca muchísimo.

¡ESTAD PREPARADOS!

—grita Supermetomentodo—. Y recordad siempre nuestro lema: ¡Nada es imposible para los **SUPERHÉROES**!

—Pero ¿cómo vamos a combatir, si no vemos más allá de los bigotes? —objeta Magnum.

—¡Traje! —ordena Supermetomentodo.

—*¡A tus órdenes, superjefe!*

—¡Activa la modalidad farola!

—*¡Por fin una orden fina, superjefe! ¡Óptima elección!* —se regocija el supertraje.

Convertido en un haz de luz fluorescente, Supermetomentodo ilumina el espacio que rodea a los superhéroes.

—¡Qui-quizá era mejor cuando no veíamos nada! —dice Magnum.

En efecto, millares de grillotopos, los rodean como una enorme **muralla** viviente. ¡Se comunican con sus antenas pasándose la orden «Devorar y Destruir»!

¡DEVORAR Y DESTRUIR!

¡Enjambre tras enjambre, los grillotopos entran en las tiendas, en las casas, en las oficinas! *Con sus patitas diabólicas trituran todo lo que encuentran a su paso.*

—¡Se lo tragan todo! ¡Son peores que las langostas! —comenta **ESTUPEFACTO** el comisario.

—A decir verdad, están emparentados con las langostas... —comenta irónica Yo-Yo.

—¡YA BASTA DE LECCIONES DE ZOOLOGÍA, YO-YO!

¡Debemos pensar qué hacer! —grita Superme-tomentodo mientras Magnum pone en lugar seguro al comisario, junto a una patrulla de la policía. Yo-yo se encarama a una farola apagada y grita:

—¡¿Qué podemos hacer, primito?! **No podemos aplastarlos, son seres vivos y hacen lo que está en su naturaleza. ¡La culpa es de quien los controla!**

Un escuadrón de grillotopos ha irrumpido en

el interior de la pizzería donde trabaja Magnum.

—¡Pobre señor Pepperoni!

Noticias de **DEVASTACIÓN** llegan desde toda la ciudad. El comisario agarra el radiotransmisor:

—¡Los grillotopos han roído las columnas que

sostienen la carretera elevada! ¡Está a punto de **DERRUMBARSE** y, sin iluminación, los coches se precipitarán al vacío!

—¡Están devorando la estatua de Master Rat! —grita un policía desde otro coche patrulla.

—Se están comiendo todos los rollos de las películas de Tilly Ratpretty en los almacenes de la Pararratamount —grita otro más.

¡¿CÓMO?!

—exclama Magnum indignado—. ¡Primos! ¡De eso me ocupo yo!

—¡Bien dicho! —lo apoya Supermetomentodo—. Para enfrentarnos a esta emergencia es absolutamente necesario dividirnos.

—¡Vamos! ¡Démosles su merecido! —sugiere Yo-Yo CHOCÁNDOLE los cinco.

Entonces, Supermeto-mentodo se transfor-ma en un pequeño **AEROPLANO**.

—¡Yo me ocuparé de la carretera elevada! —anuncia el super-héroe con valentía—. ¡Tú, Yo-Yo, ve a salvar la **ESTATUA** de Master Rat! Y tú, Magnum...

Pero ya es demasiado tarde: su **SUPERPRIMO** ya recorre Stellar Boulevard, directo a salvar las películas de su actriz favorita.

A bordo de su sc**OO**ter, Magnum surca veloz la ciudad oscura como una gigantesca LUCIÉRNAGA mecánica.

—¡Grillos de las narices! —protesta para sí mientras se dirige al barrio cinematográfico—. Saquear las películas más bonitas de la ciudad. El arte de mi Tilly.

CRI CRI CRI CRI CRI CRI CRI CRI

Un extraño ruido le llega del parachoques.

Un pequeño grillotopo ha saltado a bordo y ahora está subiendo por el asiento del scooter.

—¡¿Qué haces tú aquí?! —pregunta Magnum.

CRI CRI CRI CRI CRI CRI CRI CRI

El scooter se **PRECIPITA** en picado.

El suelo se acerca cada vez más, cada vez más...

y el superratón cierra los ojos aterrorizado.

De repente, una imagen se delinea nítida en su mente: es el recuerdo de la última lección del curso para superhéroes...

Así, Magnum vuelve a ver al Maestro Huang, que le dice con tono solemne:

—Recuerda, Magnum-san: ¡tu destino sólo en

tus patas está! Todo superratón SUPERAR los propios temores debe: ¡sólo así toda difícil situación afrontar puede!

—¡ESO ES! ¡EN MIS PATAS!

—dice Magnum exultante mientras abre los ojos.

Así, en el último momento, ejecuta una formidable pirueta hacia arriba. Y tras un doble salto mortal, el grillotopo **clandestino** sale disparado del asiento.

—¡Le está bien merecido! —piensa. Después, aparca la scooter en la calle y corre hacia los estudios Pararratamount.

¡Todo Stellar Boulevard está invadido por entero por los grillotopos, que se dedican a roer carteleras, pósteres cinematográficos y hasta los **NEUMÁTICOS** de las limusinas!

—¡Malditos roedores compulsivos! —gruñe Magnum entrando con paso seguro en las oficinas de los estudios. En el edificio no hay nadie, sólo un único y monótono sonido...

ÑAM ÑAM NAM ÑAM CRI CRI CRI CRI

Magnum irrumpe en el almacén de las películas gritando:

—¡Quietos ahí, subespecie de gusanos glotones! ¡Es hora de que saquéis vuestras mandíbulas de este almacén!

ÑAM ÑAM NAM ÑAM CRI CRI CRI CRI

Algunas de las películas mordisqueadas están esparcidas por el suelo. Entre los rollos negros y brillantes, asoman más contenedores de **BOBINAS**. El rostro sonriente de Tilly Ratpretty resalta aún contra las cubiertas roídas.

— **¡OH, NO!** —exclama Magnum—. ¡No debéis hacer eso! ¡Todas sus películas! ¡Todas sus espléndidas imágenes! ¡Es el momento de hacer las maletas, grillotopos! Y entonces empieza a gritar:

-¡UUUUUUUUUUUUUUUUUUUUUU!

Como consecuencia de su Efecto Ultraesponja, Magnum se hincha completamente.

Después de haber absorbido toda la humedad presente en la habitación, el superratón la libera en forma de una gran ola que arrastra a los insectos, lanzándolos fuera del almacén, y luego por una **escalera** y por fin a la calle.

—¡MISIÓN CUMPLIDA!

—grita Magnum exultante, intentando salvar lo que queda de las películas.

Mientras tanto, Yo-Yo ha activado sus patines **SUPERVELOCES** y corre hacia Muskrat Plaza haciendo girar en el aire su yo-yo.

Corre entre bandadas de insectos famélicos hasta el corazón de Muskrat City. Frente a ella, la imponente **ESTATUA** de Master Rat está peligrosamente inclinada y amenaza con derrumbarse contra el suelo de un momento a otro.

Un grupo de grillotopos devora a una velocidad realmente **impresionante** la base de la estatua.

—¡Debo mantenerla en pie! —exclama Yo-Yo y, con un **SUPERREBOTE**, lanza el yo-yo, enrollándolo alrededor de la cabeza de Master Rat. Después, se desliza con los patines a lo largo de toda la estatua hasta el suelo.

¡CREEEEEEEEAK!

El colosal monumento amenaza con caerse.

Yo-yo, sin perder un segundo, gira alrededor de Master Rat, enrollando el *hilo* del súper yo-yo en el monumento.

La estatua está ahora envuelta en una mordaza ligera pero resistentísima.*

—¡Perfecto! ¡Ahora sólo tengo que atarlo a un contrapeso y se acabó el juego!

Tras un rato, Yo-Yo nota que el hilo se tensa amenazadoramente:

¡CREEEEEEEEEEEEEAK!

Se vuelve para ver qué sucede. Los grillotopos roen el cable del yo-yo y Master Rat está más inclinado que un trampolín de esquí.

¡NO TENGO MUCHO TIEMPO! ¡DEBO DARME PRISA!

Yo-Yo advierte una punzada en la muñeca; el hilo da un tirón violento.

Pero la angustia sólo dura un instante: ¡la joven roedora acaba de tener una nueva idea!

*SUPERNOTA: ¡El cable del yo-yo está hecho de una fibra ultrarresistente inventada por Copérnica y además es tan largo que es casi inacabable!

Yo-Yo contempla satisfecha a los grillotopos **enredados** en el hilo.

Al cabo de un momento, la superroedora afloja la presa y suelta el anillo del yo-yo. El monumento se inclina hacia adelante, pero el ejército de los grillotopos se niega a ser arrastrado en la caída. Los insectos se anclan al suelo de la plaza con toda la fuerza de sus **garras** de excavadores... ¡después, alzan el vuelo todos a la vez y enderezan la estatua!

Yo-yo suelta un suspiro de alivio: ¡Master Rat está a salvo!

Así, la superheroína libera a los grillotopos del cable del yo-yo y se dirige a ellos con inusitada dulzura:

—A pesar de todo, no estoy enfadada con vosotros. La verdad es que no sabéis lo que estáis haciendo. Toda la culpa es de ese tiparraco de la máscara. ¡Fuera, marchaos!

Con las ANTENAS tristemente caí-
das, los grillotopos se alejan mez-
clándose con otros miles de su misma especie.
—¿Quién sabe cómo se las estarán arreglando
mis primitos...?

Supermetomentodo, por su parte, vuela hacia el puente en peligro. Debajo de él sólo se oye el incesante CRI, CRI, CRI de los insectos, que están muy ocupados en su obra de DEVASTACIÓN.

Algunos muskratenses le piden ayuda.

—¡Supermetomentodo! ¡Tanto alboroto no me deja dormir!

—¡Este ruido ha roto en mil pedazos toda mi !

—¡Han entrado en el banco y están devorando todos los billetes!

Sin detenerse, Supermetomentodo los tranquiliza:

—¡No os preocupéis! ¡Lo resolveremos todo!

Mientras sobrevuela las laderas de Monte Musgoso, ve al profesor Hagbard Quatermouse asomarse por la terraza del Observatorio Astronómico.

¿USTED TAMBIÉN TIENE PROBLEMAS, QUATERMOUSE?

—le pregunta Supermetomentodo ralentizando el vuelo.

—Mucho más que eso. ¡Los insectos están PERFORANDO la colina: el Observatorio se hundirá si llegan a los cimientos!

—¡Por mil bananillas espaciales!

¡Intente resistir hasta mi vuelta!

—¡Esperemos que también resista el observatorio!

119

El superhéroe alcanza finalmente la carretera elevada, donde una larga grieta se ha abierto en el asfalto.

¡CREEEEEEEEEEEEEEAK!

En cuanto Supermetomentodo aterriza en la calle, la grieta empieza a ensancharse y, en ese preciso instante, la **columna** que sostiene la carretera cede con un estruendo.

¡sBAAAAAAAAAAANG!

En la embocadura del puente aparece un centelleo de faros. Justo lo que no quería: ¡automóviles acercándose a toda velocidad! Supermetomentodo busca una solución:

—*¡Dime, superjefe!*

—Modalidad... hummm... modalidad... ¿Cómo me las arreglo para deshacer este entuerto?

—*No lo sé, superjefe. Obedezco sólo las órdenes directas. ¡Me han diseñado así!*

—Podría... sí, eso es. Quiero que te expandas hasta llenar este agujero del asfalto. ¡Y de prisa!

—*¡Ok, superjefe: Modalidad Tapaagujeros!*

El traje se ensancha por todas partes, mientras Supermetomentodo se agarra a los bordes de las barandas. Así, el superratón aplica un superparche en el agujero del suelo.

¡JUSTO A TIEMPO!

Una columna de coches, seguida por un escuadrón de grillotopos voladores, llega a una velocidad estratosférica a la carretera elevada. Los automóviles pasan por la espalda de Supermetomentodo sin darse cuenta.

—se queja él—. *¡Cof! ¡Cof! ¡Cof!* Mi pobre espalda...

El ruido de un claxon lo **PARALIZA**: ¡está llegando a toda velocidad un camión cisterna pesadísimo!

—Y AHORA...
¿qué hago?

Pero en ese preciso momento, Supermetomentodo oye una voz dulcísima y familiar que lo anima:

—¡Parece que he llegado en el momento justo! **—¡Lady Blue!** —exclama Supermetomentodo sonriendo a todo morro—. Es un placer verte aquí, aunque hubiera preferido encontrarte en mejores circunstancias. Como ves, estoy literalmente... ¡por los suelos!

—Tan bromista como siempre, ¿eh?

Entonces, Lady Blue corre al encuentro del camión cisterna y se lanza al volante *saltando* a través de la ventanilla abierta.

Aparta rapidísimo al conductor del asiento y agarra con decisión el volante.

Con un fuerte **VOLANTAZO**, la superheroína consigue cruzar el camión cisterna en la calle, a pocos milímetros de Supermetomentodo, que está tendido en el asfalto.

Una lluvia de **CHISPAS** le cae al superhéroe en la nariz y en el aire se extiende un insoportable olor a neumáticos quemados.

—¡Conseguido! —sonríe ella y desciende del camión cisterna.

Cuando el **SILBIDO** de la frenada deja de torturarle los oídos, Supermetomentodo abre los ojos y por un instante cruza la mirada con el conductor, aún paralizado por el susto en el asiento.

Con un **PLOP**, el traje de Supermetomentodo recupera su forma habitual.

—¡Gracias, Lady Blue, pero no tenemos ni un segundo que perder! ¡La noche aún no ha acabado!

Y con gesto de caballero le tiende el brazo.

Ella sonríe complacida: acepta la invitación de Supermetomentodo y se dirige junto a él hacia el Observatorio Astronómico.

Quatermouse está en un claro, frente al Observatorio del Monte Musgoso. El estudioso está intentando echar a los grillotopos de su lugar de trabajo, armado sólo con una silla:

—¡Fuera, fuera! ¡Pequeñas bestias de seis patas! ¡Largaos de mi Observatorio!

Pero los **insectos** se limitan a hacer zumbar las antenas, esquivan los golpes de silla y siguen impertérritos sus operaciones de excavación.

¡La colina, ahora, es como un colador!

—¡No puede hacer absolutamente nada, profesor Quatermouse! ¡Déjenos a nosotros! —dice Supermetomentodo apartándolo a un lado—. ¡TRAJE! —ordena—. ¡Modalidad Fuelle!

—¡*Ya estamos con esas transformaciones improbables!* —responde RESIGNADO el supertraje.

—¡También lo hemos conseguido! ¡Con los chorros de aire los hemos expulsado de la colina! —concluye Metomentodo.

Lady Blue lo mira con admiración, y él se PAVONEA:

—Ha sido un juego de niños... ¡Ahora volvamos a Muskrat City! Mis prim... quiero decir... mis curiosos colegas me esperan.

Poco después, los cuatro héroes están de nuevo juntos y se felicitan por sus éxitos.

—Dentro de poco saldrá el SOL —les dice Supermetomentodo a sus parientes—. Si realmente se trata de insectos nocturnos, eso significa que deberían dejar en paz a la ciudad, al menos por el momento.

En ese instante, el bananófono de Supermetomentodo empieza a sonar.

—¡Hola, Copérnica! ¡Hay novedades?

—Sí. He pasado la noche **analizando** los datos en nuestro poder —le responde la cocinera-científica de la familia—. ¡Ratotopo controla a los insectos con la máscara! Su forma particular transforma la voz de Ratotopo en **ULTRASONIDOS** que llegan a las antenas de los grillotopos... ¡como si fuera una radio!

—¡Eres la mejor! Y ahora ¿qué debemos hacer para detenerlo?

—Simple, acabo de construir un **ARTILUGIO** que localiza la fuente de la que provienen los ultrasonidos. Ratotopo debe seguir a sus tropas de cerca para poder darles las órdenes.

—Y entonces ¿dónde se encuentra ahora Ratotopo?

—El Localizador me dice... ¡en el lado sur de Muskrat Plaza!

—¿En el lado sur? Pero ¡si es donde nos encontramos ahora! —**Alarmado**, Supermetomentodo mira a su alrededor—. ¡Tu aparato no funciona, Copérnica! Sólo veo unos pocos grillotopos. Pero ¡ningún ratón enmascarado!

—**¡TORTILLAS Y TRANSISTORES!**
—exclama Copérnica—. Si no está delante de vosotros, sólo puede estar...

—¡Debajo de nosotroooooooos! —**GRITAN** a la vez Magnum, Yo-Yo y Lady Blue.

D emasiado tarde. ¡El suelo se abre bajo sus pies y los cuatro superhéroes se precipitan en una oscura **VORÁGINE**!

—¡Manteneos unidos, superhéroes! —grita Supermetomentodo mientras todos caen al vacío.

Tras unos pocos pero interminables instantes, el cuarteto toca fondo. Sin embargo, el aterrizaje es suave.

¡Horror! Una masa compacta de grillotopos hace de cojín a nuestros héroes. El ejército al completo de los insectos parece haberse reunido en las entrañas de **Muskrat City**.

—¡Nos encontramos de nuevo, superhéroes de Muskrat City! —dice la voz inconfundible del jefe de los grillotopos.

Miríadas de **OJITOS** miran fijamente a los superhéroes. Entonces, un grupo de grillotopos se reúne hasta formar una pequeña pirámide. Ratotopo se sube **ENCIMA** y se dirige con arrogancia a los superratones:

—Vuestros ridículos esfuerzos para derrotarme me han divertido mucho. Pero ¿durante cuántas **noches** conseguiréis hacerme frente? Mi ejército es infatigable.

—¡Ya he oído suficientes bravuconadas! —exclama Yo-Yo.

—¡Bien dicho! —le hace eco Lady Blue—. ¡Ataquémoslo y acabemos de una vez!

Como un solo ratón, los **SUPERHÉROES** avanzan, pero a un gesto de Ratotopo, un muro de grillotopos se elevan entre él y el cuarteto. Supermetomentodo no pierde el ánimo:

—¡Magnum! ¡Usa tus vocales!

Magnum inspira profundamente y entonces emite su detonante... «O».

¡¡¡OOOOOOOOOOOOOOO!!!

Las ondas perforadoras chocan contra la barrera de insectos sin producir ningún efecto.

—¡Por mil bananillas espaciales! ¡No pasa nada!

—Disculpa, primo. Olvidaba que el efecto **OBSTÁCULO** perfora sólo la materia no viva...

—Entonces ¡prueba alguna otra cosa!

—¡Efecto Adormecimiento Instantáneo!

AAAAAAAAAAAA

Nada. Los grillotopos resisten furiosamente y la muralla no se mueve ni un milímetro.

—¡Estos poderes son más caprichosos que una pizza caprichosa! Hasta ahora, el Efecto Adormecimiento siempre ha dormido a mis adversarios...

—¡EVIDENTEMENTE SÓLO FUNCIONA CON LAS RATAS!

—comenta Lady Blue—. ¡Intenta algo diferente!

—No sé qué hacer... Ah, sí. Tapaos las orejas: ¡llega el Efecto Tiza Sobre Pizarra!

Los superratones se preparan para el fastidioso chillido paralizante.

¡¡¡ÑIIIIIIIIIIIIIIIIIIIKKKK!!

Sin embargo, cuando el superequipo abre los ojos y las orejas, los **grillotopos** parecen aún más vivaces que antes. Yo-Yo sacude la cabeza desconsolada:

—Me lo temía. Grillos y bestias afines no tienen oídos. Sus órganos para oír se encuentran en las patas, ¡y eso los hace inmunes a tus gritos!

—**Y ¿no podías decírmelo antes?**

—protesta Magnum desmoralizado.

Yo-Yo le da una palmada en el casco:

—**¡No te desmoralices, primito! ¡Nada es imposible para los superhéroes!** —Y, disminuyendo su tamaño de repente, se lanza contra los insectos.

Aunque sus cuerpos **ACORAZADOS** se aprietan unos contra otros, para Yo-Yo es fácil abrirse camino. En tan sólo unos pocos segundos, la superroedora se encuentra a un paso de la máscara de su mayor **ENEMIGO**. Pero un grillotopo la atrapa y la retiene antes de que pueda volver a su tamaño habitual.

—¡JA, JA, JA!

—ríe exultante Ratotopo.

A una orden suya, la muralla viva se abre en dos, como un gran telón verde. Y antes de que los tres superhéroes del otro lado de la barrera puedan parpadear, Ratotopo señala a su **REHÉN**:

—¡Aquí tengo a vuestra temeraria compañera!

¡A una señal mía, ese grillotopo la devorará, con traje y zapatos incluidos!

—¡SGRUNT! ¡VOY A CONVERTIRLO EN ALBONDIGUILLAS!

—murmura Magnum reprimiéndose.

—¡El juego ha acabado! ¡Rendíos sin triquiñuelas o ya podéis despediros de vuestra amiguita!

Con un gesto imperioso, Ratotopo exhorta a los superhéroes a seguirlo. Inmediatamente, los grillotopos se ponen patas a la obra frente a ellos,

CRI CRI CRI CRI CRI CRI CRI CRI

y abren una enorme galería hacia las profundidades de la Tierra.

—Bien, bien, bien. Destino: ¡Putrefactum! —se **RÍE** con malicia su soberano mientras avanza por la galería a bordo de su pirámide trotona.

Los superhéroes lo siguen a regañadientes, escoltados y vigilados por los grillotopos, que los espolean dándoles pellizcos.

—Esos inútiles de mis aliados están a punto de recibir un bonito regalo... —murmura el profesor—. ¡Un regalo digno de mi gran genio criminal!

Anunciado por la habitual fanfarria de insectos trompeteros, Ratotopo entra en la Roca de Putrefactum y es recibido por la Banda de los Fétidos. **FROTÁNDOSE** las patas, Katerino le susurra a su jefe:

—Parece que nuestro aliado vuelve victorioso...

—¡ME LO CREERÉ CUANDO LO VEA!

—rebate Blacky escrutando nervioso la vanguardia de los grillotopos.

El ejército va en perfecta formación, con su habitual CRI CRI CRI que atormenta los tímpanos de los presentes. Con expresión sombría, Blacky Bon Bon observa a Ratotopo, que avanza entre dos escuadras de grillotopos inclinados.

A través de la máscara, el roedor grita:

—¡Admiraos, ratas! El verdadero dominador del subsuelo os trae un regalo: ¡el primer trofeo de su guerra contra Muskrat City!

Con un frufrú de patitas, un pelotón de grillotopos arrastra a los prisioneros hasta el centro de la plaza.

—Pero ¡ésos... son los superhéroes! —exclama Katerino desconcertado.

—¡Y también está la tipa de azul! —dice Mákula.

—¡Y Magnum! —EXCLAMA Fiel, contenta, mirando después a su madre de reojo.

Por un instante, Blacky Bon Bon parece abandonar toda desconfianza.

—**¡JAR, JAR, JAR!** Muy bien... ¡aquí tenemos a nuestros superpelagatos! ¡Bienvenidos a la Roca de Putrefactum! —ríe con maldad, acercando el morro al de Supermetomentodo, que le planta cara con firmeza:

—¡También esta vez fracasarás, Bon Bon!

El jefe de las ratas se sobresalta. ¡¿Primero su aliado enmascarado que lo **HUMILLA**, y ahora su archienemigo que osa hablarle de ese modo?! ¡Es realmente demasiado!

Blacky Bon Bon se enfurece y chilla mostrando los **COLMILLOS**:

—¡Silencio! ¡Ya veremos quién fracasa! ¡Uno, Dos, Tres! ¡Ocupaos de estos ratontos!

¡LLEVADLOS A LA SALA DEL TRONO Y ATADLOS!

Los tres esbirros se acercan al cuarteto de superhéroes.

—¡NOSOTROS NOS OCUPAMOS DE ELLOS, JEFE!

Entonces, Blacky Bon Bon vuelve a dirigirse a su aliado:

—OK, te felicito por tu victoria, socio. Pero no es la primera vez que alguien les echa la zarpa a esos superratones.

—Lo sé bien, pero esta vez no se fugarán —le responde Ratotopo con desidia.

Blacky, doblemente enfurecido, amenaza a su chusma:

—¡Está bien! ¡Preparad el podridófono! ¡¡¡Por fin podemos chantajear a Muskrat City!!!

—¿Qué quieres decir? —pregunta Ratotopo.

—Podría decirse que, a partir de ahora, lo haremos a mi manera —se **RÍE** Blacky—. Ahora que tenemos a los superhéroes como rehenes, los muskratenses tendrán que ceder a nuestras demandas. ¡Y ahora quita de mi vista a esos insectuchos REPUGNANTES!

—¿Por qué tendría que hacerlo? Pero ¡si han sido ellos quienes los han capturado! —rebate Ratotopo furibundo.

—¡Ya no nos son útiles! —exclama Blacky.

Mákula trata de poner PAZ entre los dos:

—Vamos, vamos, no es momento de peleas...

—Qué aburrimiento... me voy a vigilar a los prisioneros... *etcétera* —bosteza Fiel.

Mientras Blacky y Ratotopo discuten sobre la mejor estrategia para conquistar Muskrat City,

los superhéroes son llevados a la sala del trono de la Roca de Putrefactum.

Allí, gracias al apoyo científico de Sebocio, son bien **RECLUIDOS**. Cuando Fiel los alcanza, muestra los dientes en una sonrisa malévola.

—¿Estáis cómodos, superratuchas? ¿Cómo se está ahí dentro, mosquita muerta?

Yo-Yo ha sido apresada dentro una **botellita** de cristal irrompible. Golpea el tapón con los puños, pero sus dimensiones microscópicas no le proporcionan la fuerza suficiente para liberarse.

—¡Hola hola hola, *etcétera*... estás muy guapa ahí dentro!

Luego, Fiel se acerca a Supermetomentodo: al superratón lo han metido hasta el cuello en un bloque de cemento rápido.

Por mucho que se esfuerza, no consigue transformar su traje en nada útil para fugarse.

—Estás un poco estrechito, ¿no? ¡Oh, y qué pena me da tu guapa amiguita, atada ahí con esas cuerdas, como si fuera un salami!

Lady Blue le lanza una mirada:

—¡No te des tantos aires, MARMOTA consentida! Si no fuera por el truco pérfido de vuestro aliado...

¡Bah, Ratotopo es un problema de mi papi, y me importa un rábano, etcétera!

—rebate aburrida Fiel, prosiguiendo su recorrido. Así, sus ojos se posan por fin en Magnum. El pobre superratón ha sido amordazado y ATADO de pies y manos. En esas condiciones, sus poderes vocales son prácticamente inútiles.

—No debes tener miedo, guapetón roedor de R O J O. Cuando todo acabe, espero que papaíto te deje quedarte aquí... ¡Ya verás como nos divertimos! Hasta pronto... *etcétera* —añade, dándole una palmadita a Magnum.

El superratón levanta la mirada hacia sus compañeros, que lo observan maravillados.

—Mmmpfff... *¿pog* qué ponéis *efas cadas*? —gruñe entre dientes tras la mordaza.

—¡Magnum! ¡Esa rata está loca por ti! —exclama Lady Blue incrédula.

—¡MMMMMFFFFF... NO ES POSIBLE!

—¡Fíate de mi *intuición*... Será pérfida y voluble, pero ¡he visto cómo te miraba!

—¡*Folo* me faltaba *efto*!

—Quién sabe... ¡no hay mal que por bien no venga! —dice Lady Blue.

—Me *parefe eftar* oyendo al *Maeftro* Huang! —comenta Magnum.

—¡Así que no soy la única que asiste a las clases para superhéroes!

En ese instante, un puñado de ratas irrumpe en la sala del trono.

—¡Dejadnos en paz, bribones peludos! —les grita Supermetomentodo—. ¡Y tú, suéltame! —le chilla a la rata grande y musculosa que lo coge y se lo carga a las espaldas, con bloque de **CEMENTO** incluido.

Los héroes son transportados fuera de la Roca y colocados a los pies de Blacky y de Ratotopo, que aún siguen discutiendo.

El jefe de las ratas está inclinado sobre el jefe de los grillotopos.

—¡LO HAREMOS ASÍ!

—¡NO, LO HAREMOS COMO HE DICHO YO!

—¡ÉSTA ES MI CIUDAD!

—¡ÉSOS SON MIS PRISIONEROS!

—¡AQUÍ ABAJO MANDO YO!

—PERO ¡LOS GRILLOTOPOS SON MÍOS!

—¡¡¡Basta!!! —ruge Blacky mirando a los prisioneros—. ¡Me estás hinchando el morro!

—¡Me da igual! —chilla Ratotopo—. ¡No pienso detenerme ahora! **SOLTARÉ** a mi ejército un par de noches más, y Muskrat City se arrodillará a mis pies.

Mientras siguen discutiendo, Supermetomentodo tiene una repentina iluminación.

152

—¡Ahora me acuerdo! —exclama de golpe Supermetomentodo—. ¡Ya sé dónde he oído antes esa voz!

Ratotopo se calla de golpe, paralizado.

—¡Usted es el profesor Héctor O'Cephalus!

—¡No! ¡¡¡Ese nombre ya no significa nada para mí!!! —chilla el Señor de los Insectos.

Pero Supermetomentodo, encerrado en su coraza de cemento, no suelta la presa:

—¡Pues claro! ¡Recuerdo cuando lo echaron!

¡Debió de ser un duro golpe... ser expulsado de la universidad! Por no hablar de las burlas de la comunidad científica... ¿Cómo lo llamaron? Ah, sí, ahora me acuerdo: ¡el charlatán **megalómano**!

El ex profesor monta en cólera, tanto, que la máscara parece ir a saltarle del rostro:

—¡La partida aún no ha acabado! ¡Cuando vuelva allí arriba, con mi **PODER** y mis riquezas, mis viejos colegas tendrán que inclinarse ante mi genio!

Supermetomentodo se ríe:

—¡Si su «genio» ha hecho de usted un delincuente, no creo que los profesores lo reciban con los brazos abiertos!

Al oírlo, una *ruidosa* carcajada explota a espaldas de Ratotopo.

—¡JAR, JAR, JAR!

Entonces ¿ése es el motivo de tu venganza, socio... Ratopulga? ¿Quieres **vengarte** de esos mochuelos empollones como tú? ¡Jar jar jar, pero mira tú qué cosas!

La **SATISFACCIÓN** de Blacky Bon Bon es evidente: ¡por fin ha encontrado un modo de humillar a su rival!

Pero Ratotopo no se deja avasallar:

—¡Súbditos! —grita—. ¡Es el momento de demostrar quién es el más fuerte! ¡Prended a los prisioneros!

Con un zumbido, una bandada de insectos alza el vuelo, llevándose a los superhéroes inmovilizados.

—¿Adónde creéis que vais? —estalla Blacky.

—¡Te lo he dicho y lo repito! ¡Estos cuatro roedores con traje no me sirven para mis planes de conquista! Son sólo **desechos** inútiles. Los lanzaré a las aguas de la bahía, donde se convertirán en COMIDA para peces.

A un gesto de su jefe, los grillotopos se ponen en movimiento. Ratotopo es izado sobre la litera y los SUPERHÉROES son sacados de allí mientras Blacky Bon Bon mira desconcertado la escena, y es devuelto a la realidad por la voz de Katerino:

—Y ahora, jefe, ¿qué hacemos?

—¿Eh? ¿Ah? ¿Cómo? Eso. ¿Qué hacemos?

Busca a Mákula con la mirada.

—¿TENGO QUE DECIDIR YO?

—le pregunta.

—Pues claro, bomboncito querido. ¡Ya sabes que nosotros sólo te seguimos a ti!

—¡Papaíto —le dice Fiel, acercándose a él y tirándole de la manga—, no dejes que ese ENMASCARADUCHO nos arrebate a los prisioneros! Después de todo, ¿no son cosa nuestra?

—¡Sí! ¡Sí! ¡Banda! ¡Al Perforamóvil! ¡En el fondo, el plan es mío, y, aunque Putrefactum cayera, seré yo quien lo lleve a cabo! ¡Vamos a recuperar a los PRISIONEROS!

Fiel aplaude:

—¡Qué bien! ¡Tengo un papi fenomenal!

Crimen y castigo

Amanece en la bahía de Muskrat City. El puerto está desierto. **Los muskratenses están ocupados en calcular los daños sufridos por la incursión de los grillotopos.** A lo lejos, se propaga el eco tenue de algunas sirenas de la policía.

El ejército de ratotopos emerge en silencio de las **PROFUNDIDADES** de la tierra y se reúne impasible alrededor de un largo rompeolas de cemento.

El **CRI CRI CRI** de los grillotopos se ha hecho más leve, como para no molestar en un momento tan solemne. El jefe de los insectos recorre todo el muelle, hasta alcanzar a los superhéroes atados. Los insectos sólo esperan la orden de su jefe para hundir a los superroedores en las aguas de la bahía. Ratotopo está extrañamente silencioso.

—**fanfarrón** y megalómano —le dice de nuevo Supermetomentodo haciéndole una pedorreta.

Pero el ex profesor no parece dispuesto a rebatirlo.

—**ACABAD CON ELLOS** —ordena con voz plana.

Algunos insectos elevan el bloque de cemento en que está atrapado Supermetomentodo. Él les lanza una última **MIRADA** a sus compañeros antes de ir al encuentro de lo peor.

Magnum, Yo-Yo y Lady Blue están aterrados e impotentes. Entonces, **DE REPENTE**...

—¡Quietos todos! —exclama Blacky Bon Bon. La Banda de los Fétidos avanza al completo a la pálida luz matutina.

—¡¿Aún estáis aquí?! —grita Ratotopo rompiendo el silencio—. ¡Echaos a un lado, ratas, y contemplad la salida de escena de los superhéroes de **Muskrat City**!

—Ni en sueños —insiste Blacky Bon Bon—. Nuestra alianza ha acabado, Ratotopo. Entréganos a los superratones y yo recompensaré nuestros acuerdos ofreciéndote parte de las riquezas de Muskrat City... A su debido tiempo, naturalmente.

Blacky Bon Bon se planta con los brazos en jarras. *Sus garras se tensan, afiladas como espadas. Ratotopo cierra los puños:*
—¡Ésa es una propuesta inaceptable!

—Pues te conviene aceptarla; de otro modo...

—De otro modo ¿qué? ¿Osas desafiarme? ¿Tú y tu mujercita cursi, y vuestra hija ñoña, y esos tres bobalicones, y el flaco vestido de espanta-pájaros? ¡Uy qué miedo...!

Al oírlo, los miembros de la **Banda de los Fétidos** se enfurecen.

—¡¡¡Me ha llamado cursi!!! —chilla Mákula recomponiéndose ofendida el **pelaje**.

—¡Yo no soy ñoña, *etcétera*!

—¿A quiénes...

—... has llamado...

—... bobalicones? —**GRUÑEN** Uno, Dos y Tres.

—Le pediría que retire sus palabras, profesor, o... —le dice Katerino, más lívido de lo ya habitual.

¿O QUÉ?

Pero las palabras se le ahogan en la garganta a Ratotopo, porque todos los Fétidos se lanzan encima de él.

En un espacio muy estrecho, como la pasarela del muelle, no hay **muchos** grillotopos que puedan protegerlo. Pero a pesar de eso, algunos insectos se lanzan de todos modos a la pelea.

En un instante, se monta un lío de patas, garras, colas, alas, **incisivos afilados** y antenas zumbantes.

—¡La máscara! ¡Arrancádsela! —grita Blacky Bon Bon.

¡Quitadme las ZARPAS de encima!

—chilla O'Cephalus.

—¡Dejad que le ponga encima las mías! —**VOCEA** Mákula.

Mientras tanto, ratas y grillotopos, distraídos por la pelea, han perdido el **INTERÉS** por los superhéroes, que observan, casi divertidos, el follón entre sus enemigos.

—¡QUÉ ESCENITA TAN SIMPÁTICA!

—comenta Lady Blue.

—Me gustaría que estas manifestaciones de amistad se dieran más a menudo... entonces ¡nosotros tendríamos mucho menos trabajo! —**bromea** Supermetomentodo, aprisionado en el bloque de cemento y en vilo al borde del muelle.

Desde su botellita, Yo-Yo habla con su vocecita, pero nadie puede oírla. *¡Así que señala al cielo, donde el resto del enjambre se está reuniendo para el ataque!* ¡El ejército de grillotopos ha tardado más tiempo de lo habitual en juntarse, pero ahora ha formado una **BANDADA** negra y amenazadora, que so-

brevuela a la Banda de los Fétidos! El aire está saturado de sus ¡CRI, CRI, CRI... CRI, CRI, CRI... CRI, CRI, CRI!

—¡No quisiera estar ahora en el pellejo de Bon Bon! —dice Supermetomentodo.

—Pues vas a estarlo... porque dentro de poco vendrán a por nosotros! —contesta Lady Blue.

—**¡No todo perdido está!** —dice Magnum.

—¿Te parece el momento de citar al Maestro Huang? —pregunta Lady Blue.

Supermetomentodo tuerce el cuello para mirar a su primo, pero el bloque de cemento no le permite volverse completamente.

—Un momento, primo, ¿cómo es que estás hablando con claridad y sin impedimentos?

Con un esfuerzo superratonil, Supermetomentodo consigue girar un poco más el morro, y finalmente puede ver a su primo. Al lado de Magnum hay otra figura agachada que le acaba de quitar la mordaza y ahora le pellizca las **MEJILLAS**.

—Ocúpate tú, ¿ok?

—¡Por mil bananillas espaciales!

—exclama Supermetomentodo exultante—. ¿¿¿Fiel Bon Bon???

La hija de Blacky Bon Bon no hace caso a Supermetomentodo ni a los demás héroes. Se inclina sobre Magnum y le **susurra**:

—Es una pena tener tan poco tiempo para nosotros... temo que no podré tenerte para mí. Habríamos escuchado Radio Miasma juntos, paseando sobre las cloacas... *etcétera*...

Su voz **soñadora** se irrita de golpe:

—¡Y en cambio, dentro de poco acabaréis en el fondo de la bahía, en vez de quedarte atado con una correa en mi habitación!

—¡No sé qué es peor! —farfulla Magnum.

—**¡CHST!** —lo acalla Lady Blue. Después, agitándose entre las cuerdas, consigue llamar la atención de Fiel—. Te entiendo, chi-

quilla. ¡Un tipo tan apuesto como Magnum!
¿Quién no lo querría?

Éste la mira **DESALENTADO**. Lady
Blue, con una mirada cortante, le da a entender
que debe permanecer calladito. Entonces, continúa con tono *persuasivo*:

—Pero, pobres de nosotros, todo depende de
los grillotopos...

**Fiel se queda pensativa. Juguetea ner-
viosa con un rizo de sus cabellos entre
los dedos.**

—Además, de aquí a muy poco se decidirán a intervenir —prosigue implacable Lady Blue—. Y cuando eso pase, es **lógico** pensar que... perderéis vosotros. Y entonces, nada de Banda de los Fétidos...

Fiel se muestra **ANGUSTIADA**. Mira el enfrentamiento, después a Lady Blue, y después a Magnum, indecisa.

—¡...y nada de Magnum! —continúa decidida la superroedora.

—Uff, no me gustan los sermones. No me va que me digan qué tengo que hacer, o pensar, *etcétera...*

Magnum, que ha comprendido la estrategia de Lady Blue, exclama:

—¿Qué te parece mejor: **ganar** o perder?

—Menuda pregunta. ¡Ganar, por supuesto!

Como dice nuestro lema: «¡De las cloacas a las estrellas!».

—Entonces ¡libéranos, así nosotros derrotaremos a Ratotopo y a los grillotopos, y todo volverá a ser como antes!

FIEL SACUDE LA CABEZA.

Supermetomentodo exclama con impaciencia:

—En resumen, mejor un enemigo viejo que uno nuevo, ¿no?

Fiel se ilumina:

—¡Claro! Eso me gusta. ¡¡Nosotros, en el fondo, somos viejos enemigos!!

—¡Eso es! ¡Eso es! ¡¡¡Y ahora, libéranos!!!

—¡Ok, *etcétera*!

¡Fiel TRASTEA con las muñecas y los tobillos de Magnum y, en un instante, el superratón está libre!

—Pe... pero ¿cómo lo has hecho? —le pregunta él frotándose incrédulo los brazos doloridos.

—¡Entiendo bastante de cadenas y candados!

Mientras Blacky Bon Bon y Ratotopo siguen dándose para el pelo y gruñendo como si fueran **FIERAS ENFURECIDAS**, Magnum libera rápidamente a Lady Blue de sus ataduras.

—¡Por mil bananillas cósmicas! ¿Nadie se acuerda de mí? —reclama Supermetomentodo.

—**¡YA VOY, PRIMO!** —dice Magnum echando un vistazo de reojo a Fiel, que no se aleja.

Bajo el efecto destructor de su poderosa voz, el

bloque de cemento primero se agrieta y luego se **rompe** en mil **PEDAZOS**.

—¡Superhéroes al rescateeee! —grita Super-metomentodo.

—¡Espera un momento! —ordena Magnum **destapando** la botellita donde está encerrada Yo-Yo.

—¡Ya era hora! —exclama Yo-Yo exultante, recuperando rápidamente sus dimensiones habituales.

—¡Al asalto! —le hace eco Lady Blue.

Los superhéroes **CORREN** por el muelle hacia el tumulto de ratas y grillotopos.

—¡Empieza a soltar tus ondas vocales, Magnum! —ordena Supermetomentodo.

Magnum no se lo piensa dos veces:

—¡¡¡OOOOOOOOOOOOH!!!

Las poderosísimas ondas producidas por la voz de Magnum se propagan a lo largo del muelle. Una enorme grieta se abre casi en seguida en el cemento y la pasarela empieza a hundirse.

Cuando Magnum deja de gritar, sólo una porción de muelle se mantiene aún en pie.

Las ratas han caído al mar como si fueran bolos, mientras tanto, los cuatro superhéroes, así como Fiel, tienen los pies en seco. En cuanto a los grillotopos, algunos han volado **ASUSTADOS**, otros han caído al mar y usan las patas como remos.

SPLASSSSSHHH!

BROOOUUUM

SPLASHASH

—¡Pobrecitos! —exclama Yo-Yo viéndolos bracear en el agua.

—**¡Tonterías!** ¡Los grillotopos son unos óptimos nadadores —exclama Fiel detrás de ella. Y, antes de que Magnum pueda **reaccionar**, le agarra el morro entre las garras y le estampa un besazo en la punta de la nariz—.

¡BRAVO, MI SUPERHÉROE!

—y diciendo eso se lanza a la bahía—. ¡Hasta luego! ¡Ha sido una gozada combatir a tu lado!

SSSSHHHHHHHH

Se va nadando por debajo del agua, rapidísima. Magnum la ve desaparecer entre las olas de la bahía.

—¿Todo bien, Magnum? —le pregunta Lady Blue deteniéndose a su lado.

El superroedor asiente, pero está evidentemente confuso.

—¡Ánimo, superhéroes! —grita Supermetomentodo—.

¡La misión aún... NO HA ACABADO!

En la orilla, no muy lejos, la **Banda de los Fétidos** se arrastra fuera del mar. Katerino bracea como una momia dentro de su traje de LANA repentinamente encogido por el agua salada. Boqueando, Mákula mira a su alrededor estupefacta: el maquillaje se le ha **CORRIDO** y su cara parece la paleta de un pintor:

—Splut... coff... ¿dónde está mi bomboncito?

Detrás de ella se mueve una masa de algas y lodo de la que proviene una voz familiar:

—¡Sput! ¡Puagh! Estoy... estoy aquí... o al menos eso creo...

En la bahía de **Muskrat City** revolotean miríadas de grillotopos en densos enjambres 🄲🄾🄽🄵🅄🅂🄾🅂: sin recibir órdenes, vuelan sin saber adónde ir.

—¿Dónde se habrá metido O'Cephalus? —se pregunta Yo-Yo mirando **alrededor**.

—Ahí está... —Supermetomentodo señala una figura temblorosa.

179

O'Cephalus acaba de llegar a la orilla. El cielo se está aclarando poco a poco y el profesor **PARPADEA** a la luz del sol: tiene cara de niño, pálido y sin arrugas. Su máscara se ha perdido para siempre en el fondo de la bahía.

Cuando es alcanzado por el cuarteto de héroes, el criminal se derrumba en el suelo como un saco vacío.

—Es así... —susurra—. La ignorancia siempre triunfa y el genio sucumbe.

—No veo ningún genio por aquí, sino un obtuso profesor que ha explotado a unos pobres insectos sin voluntad... —le responde Supermetomentodo poniéndolo en pie a la fuerza.

—¡Un profesor que pasará una buena temporada en la **CÁRCEL** de Muskatraz, en compañía de sus nuevos amigos! —comenta Lady Blue.

—A propósito, primito, ¿dónde se han metido

las ratas? —observa Yo-Yo—. ¡Estaban aquí hace un momento!

Lady Blue los ve:

—¡Allí! ¡Se escapan por aquella

ALCANTARILLA!

Pero antes de que los superhéroes puedan lanzarse a la persecución, una patrulla de la policía ha cortado la calle.

—Nunca es demasiado tarde... —le comenta irónica Yo-Yo a Lady Blue. ¡Como siempre, Bon Bon y los suyos han conseguido huir!

¡También Lady Blue acaba de **desaparecer**! Se ha esfumado sin dejar rastro.

Teopompo Musquash, el **COMISARIO** de Muskrat City, corre jadeante a su encuentro.

—¡Superhéroes, gracias al cielo que estáis sanos y salvos! ¡Temía llegar demasiado tarde!

—¡En realidad ha llegado justo a tiempo para dejar **ESCAPAR** a Blacky Bon Bon y a sus secuaces! —le hace notar Supermetomentodo.

El comisario no capta la ironía.

—¡Bueno, bravo, chicos... sí... ya veo que habéis **ARRESTADO** al terrible Ratotopo!

¡¡¡Habéis estado fantásticos... o más bien, increíbles!!! ¡¡¡No, mejor... súper!!!

Dos agentes se llevan a O'Cephalus:
—Esto no acaba aquí... —protesta, poco convencido.

Antes de volver al coche, Musquash mira a su alrededor, preocupado.

—Pero ¡aún está todo lleno de esos bichos! ¡Mirad cuántos hay en el cielo! ¿Qué podemos hacer?

¡Se han liberado del control de su amo!

—exclama Supermetomentodo—. ¡Son inofensivos, pero están muy confusos!

Yo-Yo acaricia la cabecita de un grillotopo que ha aterrizado cerca. El animalito emite un CRI CRI CRI dócil y manso.

—Es como un cachorrillo... —sonríe ella. Entonces tiene una idea—: ¡Ya sé qué hacer!

El ocaso se **refleja** en las olas de la bahía de Muskrat City. Desde la torre más alta de la prisión de Muskatraz, los tres superhéroes admiran el paisaje de la bahía, que está **PUNTEADA** de pequeñas islas yermas. Los héroes no están solos: a su lado está el director de la cárcel, Rodencio Rodríguez.

Es un ratón anciano y austero, de pocas palabras y de **CORAZÓN** duro como la piedra.

—Gracias de nuevo por habernos permitido hospedar a los grillotopos en esas islas desiertas, señor Rodríguez —le dice Supermetomentodo.

–¡De nada! ¡Es un placer! –responde el director.

Yo-Yo y Magnum, una al lado del otro, observan los arrecifes áridos y rocosos que rodean la isla donde se eleva la cárcel. Hasta hace unas horas, eran sólo masas desoladas de **rocas** y hierbajos. Ahora, en cambio, bullen de vida, con todos esos animalitos verdes.

—Podríamos llamarlas… las Islas Grillo —le dice Yo-Yo a Magnum.

—Ahora sólo falta que encuentren algo de comer —comenta él.

—La ciudadanía ya ha empezado a enviar verduras y raíces, su comida preferida, para contribuir a su ALIMENTACIÓN.

Supermetomentodo asiente a las palabras de su primita:

—Lo más increíble es que los propios grillotopos se han puesto patas a la obra para remediar los daños que han causado. ¡Y sin recibir órdenes de nadie!

Yo-Yo murmura **emocionada**:

—Han actuado por propia voluntad por primera vez en muchos años. ¡La naturaleza es maravillosa!

En ese momento, el sol desaparece por el horizonte. Y de los islotes que rodean Muskatraz se eleva un extraño sonido. Ya no es el ruido ensordecedor que había invadido Muskrat City hace ahora algunas horas: se parece bastante a una melodía de instrumentos de cuerda, intensa y vibrante.

—¿Son... ellos? —pregunta Magnum.

—Sí, están cantando, como quizá no lo han hecho nunca antes. ¡En el fondo son grillos!

187

ÍNDICE

Geronimo Stilton

**Marca en la casilla correspondiente los títulos
que tienes de todas las colecciones de Geronimo Stilton:**

Colección Geronimo Stilton

- ☐ 1. Mi nombre es Stilton,
  Geronimo Stilton
- ☐ 2. En busca de
  la maravilla perdida
- ☐ 3. El misterioso
  manuscrito de Nostrarratus
- ☐ 4. El castillo de Roca Tacaña
- ☐ 5. Un disparatado
  viaje a Ratikistán
- ☐ 6. La carrera más loca del mundo
- ☐ 7. La sonrisa de Mona Ratisa
- ☐ 8. El galeón de los gatos piratas
- ☐ 9. ¡Quita esas patas, Caraqueso!
- ☐ 10. El misterio del
  tesoro desaparecido
- ☐ 11. Cuatro ratones
  en la Selva Negra
- ☐ 12. El fantasma del metro
- ☐ 13. El amor es como el queso
- ☐ 14. El castillo de
  Zampachicha Miaumiau
- ☐ 15. ¡Agarraos los bigotes…
  que llega Ratigoni!
- ☐ 16. Tras la pista del yeti
- ☐ 17. El misterio de
  la pirámide de queso
- ☐ 18. El secreto de
  la familia Tenebrax
- ☐ 19. ¿Querías vacaciones, Stilton?
- ☐ 20. Un ratón educado
  no se tira ratopedos

- ☐ 21. ¿Quién ha raptado a Lánguida?
- ☐ 22. El extraño caso
  de la Rata Apestosa
- ☐ 23. ¡Tontorratón quien
  llegue el último!
- ☐ 24. ¡Qué vacaciones
  tan superratónicas!
- ☐ 25. Halloween… ¡qué miedo!
- ☐ 26. ¡Menudo canguelo
  en el Kilimanjaro!
- ☐ 27. Cuatro ratones
  en el Salvaje Oeste
- ☐ 28. Los mejores juegos
  para tus vacaciones
- ☐ 29. El extraño caso de
  la noche de Halloween
- ☐ 30. ¡Es Navidad, Stilton!
- ☐ 31. El extraño caso
  del Calamar Gigante
- ☐ 32. ¡Por mil quesos de bola…
  he ganado la lotorratón!
- ☐ 33. El misterio del ojo
  de esmeralda
- ☐ 34. El libro de los juegos de viaje
- ☐ 35. ¡Un superratónico día…
  de campeonato!
- ☐ 36. El misterioso
  ladrón de quesos
- ☐ 37. ¡Ya te daré yo karate!
- ☐ 38. Un granizado de
  moscas para el conde
- ☐ 39. El extraño caso
  del Volcán Apestoso
- ☐ 40. ¡Salvemos a la ballena blanca!
- ☐ 41. La momia sin nombre
- ☐ 42. La isla del tesoro fantasma

Libros especiales de Geronimo Stilton

- ☐ En el Reino de la Fantasía
- ☐ Regreso al Reino de la Fantasía
- ☐ Tercer viaje al Reino de la Fantasía
- ☐ Cuarto viaje al Reino de la Fantasía
- ☐ Quinto viaje al Reino de la Fantasía
- ☐ Viaje en el Tiempo
- ☐ La gran invasión de Ratonia
- ☐ Quinto viaje al Reino de la Fantasía

Grandes historias Geronimo Stilton

- ☐ La isla del tesoro
- ☐ La vuelta al mundo en 80 días
- ☐ Las aventuras de Ulises

Cómic Geronimo Stilton

- ☐ 1. El descubrimiento de América
- ☐ 2. La estafa del Coliseo
- ☐ 3. El secreto de la Esfinge
- ☐ 4. La era glacial
- ☐ 5. Tras los pasos de Marco Polo
- ☐ 6. ¿Quién ha robado la Mona Lisa?

Tea Stilton

- ☐ 1. El código del dragón
- ☐ 2. La montaña parlante
- ☐ 3. La ciudad secreta
- ☐ 4. Misterio en París
- ☐ 5. El barco fantasma
- ☐ 6. Aventura en Nueva York
- ☐ 7. El tesoro de hielo

¿Te gustaría ser miembro del CLUB GERONIMO STILTON?

Sólo tienes que entrar en la página web **www.clubgeronimostilton.es** y darte de alta. De este modo, te convertirás en ratosocio/a y podré informarte de todas las novedades y de las promociones que pongamos en marcha.

¡PALABRA DE GERONIMO STILTON!

SUPERHÉROES

Geronimo Stilton
SUPERHÉROES
EL ASALTO DE
LOS GRILLOTOPOS

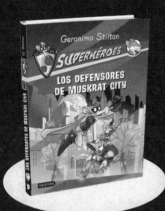

Geronimo Stilton
SUPERHÉROES
LOS DEFENSORES
DE MUSKRAT CITY

Geronimo Stilton
SUPERHÉROES
LA INVASIÓN DE LOS
MONSTRUOS GIGANTES